Marguerite

Duras

杜拉斯全集

印度

[法]
玛格丽特·杜拉斯
著

王东亮 户思社 马振骋
译

上海译文出版社

印度之歌

王东亮　译

《印度之歌》是应伦敦国家剧院经理

彼得·霍尔之邀，写于一九七二年八月

人物表

安娜-玛丽·斯特雷特
女乞丐
麦克·理查逊
使馆青年随员（无名姓）
斯特雷特夫妇的客人（无名姓）
乔治·克劳恩
法国驻拉合尔的副领事（无名姓）
仆人甲
仆人乙

女群众演员十人
男群众演员十人

女声二
男声二

总体说明

文中出现的印度城市、河流、州邦及海洋的名称都首先具有某种音乐感。

《印度之歌》中所涉自然、人文及政治地理背景，均属虚构。

比如，乘车从加尔各答到恒河口或者尼泊尔，是不可能半天就到达的。

又比如，威尔士亲王大酒店并非坐落在三角洲的某个岛上，而是在科伦坡。

又比如，印度的首都是新德里，而不是加尔各答。

等等。

本故事所涉及的人物，是从《副领事》一书中迁移过来的，又被投放到了新的叙事区域。因此，不能再让他们回到原书之中，也不能将《印度之歌》视为《副领事》一书的电影或戏剧改编本。尽管原书的某些情节在此几乎全部再现，但这些情节在新叙事文本中的进展方式，使阅读和视角都发生了改变。

实际上，《印度之歌》乃是《恒河女子》的姊妹篇，如果不是先有《恒河女子》写出来，《印度之歌》便不会问世。

即便说《印度之歌》深入到并揭示出《副领事》中尚未开发的区域，这也不是要将它写出来的一个充足理由。

之所以有这一写作，源于在《恒河女子》中的某种发现：那些在叙事之外的声音，起到了揭示和探索手段的作用。这一发现颠覆了叙事，使之陷入遗忘，让人面对着作者记忆之外的其他记忆，这些记忆同样唤起任何一个其他的爱情故事。这些记忆残缺变形，却生机盎然。

《恒河女子》中的某些声音，被移位至此，同时也包括某些人物对白。

能说的，差不多就是这些。

以《印度之歌》为名的乐曲，据我们所知，还没有问世。一旦谱写出来，它将适用于《印度之歌》在法国及世界各地所有形式的演出。届时，它将由作者公布于世。

倘若《印度之歌》在法国上演，将禁止彩排。其他国家不受此限。

一

关于声音一和声音二的说明

声音一和声音二，是女人的声音，年轻的声音。

两个声音因一个爱情故事相连。

有时候，她们说起这段爱情，她们的爱情。更多的时候，她们说起另一段爱情，另一个故事。但这另一个故事，又把我们带入到她们自己的故事之中。同样，她们自己的故事，也把我们带入到《印度之歌》的故事之中。

与男人的声音即声音三和声音四（在故事结尾处出现）完全相反，这两个女人的声音感染着疯狂。轻柔甜美之中渗透着毒素。她们对爱情故事的记忆紊乱无序。大多数情况下，她们说着谵妄的话语，这谵妄既冷静又热烈。声音一沉迷于安娜-玛丽·斯特雷特的故事，声音二陷入对声音一的激情而难以自拔。

她们的声音应该格外清晰地让人听到，但要依所说内容的不同而强弱有别。当话题转向她们自己的故事的时候，这些声音最为真切。实际上，情况几乎一直是这样，因为《印度之歌》的爱情故事，经过不断的渗透，与她们自己的故事渐趋合为一体。不过，其中还是存在着如下差别：

当她们讲述正在我们眼前展现的故事时，她们同我们一样，再次发现这一故事，带着同样的担忧，甚或同样的激动。

而当她们讲述自己的故事时——词语中总有欲念闪烁，我们应该能够体会到她们彼此间的爱恋有所不同。尤其要体会到声音二的恐惧，面对声音一因亲见故事复活而不断昏厥错乱所感受到的恐惧。那是声音一“迷失”于《印度之歌》故事之中所面临的危险，那故事已成为过去，成为传说，而她自己正是故事中的人物原型。她正是由此与自己的生命作别。

这两个女人的声音从不放声喊叫，自始至终轻柔甜美。

黑　暗

钢琴演奏着一首曲子，节奏缓慢，此曲流行于两次世界大战之间，曲名为《印度之歌》。

整首曲子完整演奏下来，迟缓冗长，为此要占用不少时间，以便观众或者读者脱离开演出或阅读开始时置身其中的公共空间。

《印度之歌》依然继续。

依然继续。

此刻，《印度之歌》演奏结束。

乐声再起。比头次演奏要更“遥远”，仿佛在远离现场的地方演奏着。

这次演奏的《印度之歌》，是乐曲惯常的节奏，布鲁斯曲调的节奏。

黑暗渐趋消散。

黑暗迟缓地渐趋消散之际，突然响起了人声。其他一些人在看着、听着，此前我们以为只有自己在看、在听。是女人的声音。声音舒缓、轻柔。就在近处，同我们一样处在封闭的空间，却让人触摸不到，无法接近。

（听到并读出：声音一，声音二。）

声音一

他追随她来到了印度？

声音二

是的。

停顿。

声音二

他为她抛弃了一切。
一夜之间。

声音一

舞会之夜？

声音二

是的。

光线升起，持续升起。《印度之歌》在演奏，持续演奏。
声音沉寂很久，之后再次响起：

声音一

是她弹钢琴吗？

声音二（迟疑）

是的……他也弹……

是他，有时候，在晚上，用钢琴弹奏这首沙塔拉之曲……

静默。

印度的一处住所。宽大开阔。“白人们”的住所。沙发。扶手椅。《印度之歌》时代的家具。

一架吊扇在旋转，噩梦般缓慢。

窗上配有铁丝网和纱窗，窗外有一个热带花园，数条小径。欧洲夹竹桃。棕榈树。

一切都凝滞着。花园里没有一丝风。室内阴暗凝重。是晚间吗？不知道。空间开阔。仿金物品。一架钢琴。熄灭的吊灯。室内植物。万物静止，死寂一片，除了那架吊扇，宛如噩梦般旋转。

随着光线缓慢升起，响起同样缓慢的人声，声音轻柔悦耳，背景却令人神伤。

声音一（语似诵读）

“麦克·理查逊与沙塔拉一个年轻姑娘订了婚。劳拉·瓦莱里·施泰因。婚礼定于秋季举行。

“之后便有了这场舞会。

“沙塔拉的舞会……”

静默。

声音二

她很晚才来参加舞会……夜半时分……

声音一

是的……一身黑衣……
舞会上，爱无处不在……
欲念无处不在……

静默。

光线渐起，人们发现有些实物嵌定在殖民地背景上。有人在那里。

这些人在后排，前面或有一排绿色植物，或有精致的护栏，或有透明的幕帘，或有从香炉升起的烟雾，这都使得后排空间模糊难辨。

有一个女人，身材修长，略显清瘦，一身黑衣，仰卧在沙发上。

她的近旁，有一个男人，同样一身黑衣，坐在那里。

离这对情人不远处，还有一个男人，也同样一身黑衣。（两个男人中的一个正在吸着香烟，为此才刚刚让人发现有实物存在吗？）

在我们之后，声音一也发现了那个黑衣女人。

声音一（焦虑，低声）

安娜-玛丽·斯特雷特……

声音二似乎没听到。

声音二（低声）

您脸色苍白……您怕什么……

没有回答。

静默。

三个人死一般一动不动。

《印度之歌》中止。

说话声降低了，伴着死寂的场景。

声音二

她死了以后，他就离开了印度。

静默。

这句话一口气说完，一如缓慢的背诵。

那个黑衣女人，就在我们面前的黑衣女人，原来已经死了。

光线固定下来，逐渐转暗。

一片寂静。

远近俱寂。

说话声伴着痛楚，被摧毁的记忆复苏，但声音依旧轻柔。

声音二

她葬在了英国公墓……

停顿。

声音一

……死在那边？

声音二

死在岛上。(迟疑)被人发现时已经死了。在夜里。

静默。

《印度之歌》再次传来，缓慢、遥远。

开始时，大家看不见他们在动。《印度之歌》的第一个音符响起时，他们才开始动起来。

黑衣女人同坐在她身旁的那个男人开始动了。就这样走出死亡。脚步没有任何声音。

他们站了起来。

他们彼此走近。

他们要做什么？

他们在跳舞。

他们在跳舞。他们已经开始了跳舞，我们才注意到。

他们跳得极慢，他们跳着。

当声音一开始说话时，他们已经跳了一会儿了。

声音一渐渐回忆起来。

声音一

法国驻印度大使馆……

声音二

是的。

停顿。

声音一

这涛声，恒河?

声音二

是的。

停顿。

声音一

这光线?

声音二

季风。

声音一

没有一丝风……

声音二（继续说）

消逝在孟加拉湾方向……

声音一

这尘土？

声音二

加尔各答市中心。

静默。

声音一

似乎有花香……

声音二

麻风病。

静默。

他们一直伴着《印度之歌》的旋律跳舞。

他们在跳舞。如是所述。

（似乎他们在跳舞这事不甚确定。为了使画面同“声音”一致，要做到画面和声音相互触摸。）

声音二

他们在跳舞。

静默。

声音二

那时候，到了晚上，他们就跳舞。

静默。

他们在跳舞。

他们跳舞时身体靠得非常紧，结为一体。

《印度之歌》渐渐远去。

他们沉浸在舞蹈中，融在一起，几乎一动不动。

之后，一动不动。

声音二

您哭什么？

没有回答。

静默。

不再有音乐。

远处，一阵嘈杂。嘈杂之后，又有另一些嘈杂。

他们一动不动，依然如此，在被嘈杂声所包围的寂静之中。

他们嵌定在那里。一动不动。

很长时间。

对嵌定不动的这对情人说：

声音二

我爱你们，直到再也看不到
再也听不到
直到死亡……

没有回答。

静默。

《印度之歌》又在远处响起。慢慢地，这一对男女松动开，重新有了生命。

音乐之后，嘈杂升起。是加尔各答的噪声，嘈杂一片中的主调、强音。周边，其他的噪声：商贩的叫卖，犬吠，远处的呼唤。

随着外部声音的升起，夜色开始覆盖住花园的小径。光线渐落。没有一丝风。

静默。

这一对男女分开了，他们转身向花园望去。看着花园，一动不动。

一直坐在那里的第二个男人也开始向花园望去。

光线越来越暗。

加尔各答的噪声中止。

等待。

依然是等待。天几乎要黑下来了。

突然，等待屈服：

雨声。

令人解颐的声响，爽气的声响。

孟加拉湾在下雨。

看不到雨。只是听见雨声。似乎到处都在下雨，只有被生命勾除的这座花园是个例外。

所有人都在看着雨声。

声音二（似自言自语）

孟加拉湾在下雨……

声音一

一片汪洋……

静默。

远处的叫喊，欢快的叫喊，呼唤，来自一种陌生的语言：印度斯坦语。

光线渐渐回升。

雨声，人声，片刻之间强烈起来。

人声渐弱。叫喊声零零落落，笑声开始出现，雨声更为清晰。

光线一直在回升。

突然，叫喊声又清晰起来，很近，女人的叫声。
笑声也来自同一个女人。

声音一

有人在喊……一个女人……

声音二

喊什么?

声音一

语无伦次的话。
她在笑。

声音二

是个女乞丐。

停顿。

声音一

她疯了?

声音二

是的……

花园的小径上，雨后的阳光。阳光变幻不定，落下灰暗的光点。

女乞丐的喊声和笑声一直在继续。

声音一

噢，对了，我想起来了。她住在河边……来自缅甸?

声音二

是的。

这两个声音在谈论女乞丐时，室内的三个人起身，从旁门走了出去。

声音二

她不是印度人。
她从沙湾拿吉来。
在那里出生。

声音一

噢，对……是的……

有一天……她走了十年，有一天，来到恒河前？

声音二

是的。

她留了下来。

声音一

是这样……

那三个人消失了。场景里空无一人。

远处传来说话声，喊叫般的说话声，用的是一种轻柔的语言：老挝语。

声音一（停顿）

她来孟加拉湾的路上，死了十二个孩子？

声音二

是的。都被她遗弃了。卖了。忘记了。

（停顿）到了孟加拉湾，丧失了生育能力。

那三个人来到花园，漫步走着，雨后清新，他们行走在光影之中。远处，女乞丐喊叫般的说话声依旧传来。话声中，突然冒出那个词：沙湾拿吉。

声音稍有停顿。接着又响起来：

声音一

沙湾拿吉，老挝？

声音二

是的。（停顿）十七岁……她就怀孕了，十七岁……（停顿）被母亲赶出家门，从此离家远行。（停顿）她打听方向，会让自己迷失的方向。

没有人知道。

声音一（停顿）

是的。

她走了十年，终于有一天，加尔各答出现在她面前。

她留了下来。

静默。

声音二

她落脚在恒河岸边，树荫下，忘记了一切。

静默。

那三个人走出了花园。
寂静的花园里，光线在运动，季风在运动。
远处，传来女乞丐的歌声，歌名为《沙湾拿吉之歌》。
（声音二在介绍情况，沉静、轻柔。）

声音二

您知道，到处都是麻风病人，就像爆裂的沙袋一样四处散开。

声音一

他们不痛苦吗？

声音二

不，一点也不。
一点也不。

静默。

静默。声音停顿。

花园深处的一个所在，此前一直笼罩在昏暗之中，似乎被灯光忽略的那处所在，此刻渐渐显现出来。那处所在被聚光灯发现，灯光极其缓慢却很有规律、很精确地照射过去。

远处，时时传来《沙湾拿吉之歌》。加尔各答的嘈杂声，听起来很遥远。

网球场的护网在黑暗中显现。护网一旁，停放着一辆女式自行车，红色的。

空寂无人。

声音认出了这些让它们感到恐慌的事物：

声音一（低声惊呼）

网球场，空寂无人……

声音二（同样低声惊呼）

安娜-玛丽·斯特雷特的自行车……

静默。

一个男人走进花园。他高大，消瘦，穿一身白衣。他走得很慢，脚步没有一丝声音。

他环顾寂静的周边。很长时间。试图看看房子里的情况，房中空无一人。

随后，他又看什么？起初不知道他在看什么。之后便清楚了，他在看那辆红色自行车，靠在护网上的安娜-玛丽·斯特雷特的自行车。

他向自行车走去。停住。迟疑片刻。不再走近自行车。一动不动，看着它。（声音低沉，恐慌。）

声音二

他每天夜里都来……

停顿。

声音一

法国驻拉合尔的副领事……

声音二

是的。

在加尔各答备受冷落……

静默。

白衣男人开始慢慢移动。他走了起来。沿着一条小路前行。他走开了。

他不见了踪影。

他走后，一切都悬置起来。

寂静。恐慌。

远处，《沙湾拿吉之歌》，天真无邪。

随后，**两声枪响**。

第一声枪响后，灯光变暗。

第二声枪响后，灯光熄灭。

静默。

黑暗

随着枪响，《沙湾拿吉之歌》也停了。似乎有人枪击了《沙湾拿吉之歌》。

静默。

黑暗

声音很低，充满恐慌。

声音二

枪是朝向树荫下开的……恒河岸边……

静默。

声音一

刚才唱的是《沙湾拿吉之歌》吗?

声音二

是的。

静默。

在第一声枪响使光线暗淡之后，光线现在正以反向且对称的方式重聚变强。

这是夜的光线。

夜色降临。

面前的场景依旧空空落落。

惟一在动的，是那个噩梦般的吊扇。

空落的场景上，时间流过。

静默。

一个身着白衣的印度仆人走过，他穿过法国大使馆的大小客厅。

他走了过去。场景再次陷入空落。

在非常遥远的地方，又响起了《沙湾拿吉之歌》：女乞丐没有被杀死。

声音依旧很低，充满恐慌。

声音一

她没有死……

声音二

她不会死。

声音一（几乎听不见）

不会……

静默。

声音二

您知道……她夜里到恒河的河坑里去捉鱼。充饥……

没有回答。

静默。

声音一

那位黑衣女人现在在哪里?

声音二

在散步。每天晚上。

她夜里回来。

静默。

一个仆人走进来，点燃一盏灯，光线很弱，在屋角。又做了些其他事情。

他渐渐走远(看得见他的身影)。

他又回来了。

打开了一扇窗。

也许，他在点蚊香(如果是这样的话，大厅里此刻应该有香味)。

清理烟灰缸。

声音二

她回来了。

大使馆的黑色蓝旗亚刚开进使馆大院。

静默。

仆人又离开了。

眼前的场景依旧有几秒钟的空落。随后，黑衣女人走进了黑暗的大厅。她赤着脚。头发披散着。穿一件短款浴衣，黑色棉布质地，式样宽松。

场面迟缓冗长。

她缓慢地移步到噩梦般的吊扇下方，待在那里。

拢起头发，往身后撑开，带着疲惫的动作，似乎难耐炎热。之后，任双臂随意垂下。

浴衣半掩半露，现出雪白的胴体。

她一动不动，仰头向上。她感到闷热气窒，想办法透气解暑。

清瘦脆弱的身体优雅动人。

她笔直地站在那里，一动不动，奉献自己。将自己奉献给“声音”。

（此时的声音缓慢、低沉，借助这一动不动的身体，沉湎于欲念之中。）

声音二（抑制着激动）

您身穿白衣太美了……

停顿。

声音一

我想去拜访那位恒河女子……

停顿。

声音一

那位白人女子……

声音二（停顿）

哪一位？

停顿。

声音一

就是那一位……

声音二

死在岛上的那一位……

声音一

光彩照人的双眸，死了。

声音二

是的。
死在石头下面。
周围，是恒河的一处河湾。

静默。

在我们面前，一直一动不动的那个女人，就是死去的恒河女子。

此时的声音似在低声吟唱，无法将她从死亡中唤醒。

表面上看，什么也没有改变，什么也没有发生。然而，有恐慌掠过。

声音一（恐慌，低声）

怎么了？

没有回答。

声音一（依旧恐慌，低声）

现在几点了？

声音二（停顿）

四点。
深夜时分。

停顿。

声音一

没有人在睡吗?

声音二

没有人。

静默。

女人的脸上挂着泪水。

面部线条没有变化。

她在哭。没有痛苦。

哭泣之态。

声音在谈论着炎热的天气，谈论着欲望，声音似乎来自正在哭泣的身体。

声音一

太热了

无法忍受

真是可怕

停顿。

声音二

另一场暴风雨……

正向孟加拉湾前行……

声音一（停顿）

从岛上来……

声音二（停顿）

从河口来。
不知疲倦……

静默。

声音一

听见什么没有？

声音二（停顿）

听见她在哭。

停顿。

声音一

没有痛苦，是吧？

声音二

不再有痛苦。

麻风病，内心的麻风病。

声音一

不能忍受？

声音二

不能。
不能忍受。
对印度，不能忍受。

静默。

从房间左边门走进一个男人，他也穿着一件黑色浴衣。

他看着她，停在那里。

随后，他缓缓地向她走近，此时的她泥塑一般站在那里，眼中蓄满泪水，在吊扇下面，睡着。

站着的睡美人。他看着她，向她靠近。

他的手轻轻掠过她的脸，充满爱意地抚摩着。然后他缩回手，伸开手掌看了看，上面浸满泪水。

声音二（轻声）

她睡了。

男人小心翼翼地抱起落泪的女人，把她轻轻放在地上。

这是我们已经见过的那个男人，在沙塔拉的舞会上和她跳舞的那个男人：麦克 · 理查逊。

他在她身边坐下。

看着她的身体。

解开她的浴衣，以便让吊扇送下来的凉风(虚幻的凉风)径直吹到她身上。

他抚摩着她的前额。擦去脸上的泪水、汗水。抚摩着沉睡的身体。

那两个女人的“声音”伴着这个男人的动作节奏减缓下来。之后，那如泣如诉的声音，又说起了与这个中心故事相邻的话题。

声音一

他爱她胜过一切。

声音二(停顿)

胜过一切……

静默。

声音二就像是在说着她自己的爱。

声音一

那时候，那个沙塔拉姑娘在哪里?

没有回答。

声音一（语似诵读）

“在酒吧间的绿色植物后面，她看着他们。（停顿）一直到黎明时分……（稍停）当这对情人向舞会的大门口走去时，劳拉·瓦莱里·施泰因才喊叫起来。”

静默。

远处，不时传来印度斯坦语的呼唤。是商贩们在呼唤。
呼唤声停了下来。
此刻安静无声。

声音二

往往是清晨四点钟的时候，睡意来临。

静默。

那男人在她安睡的时候一直守候在她身旁。
看着她。
拿起她的双手，抚摩着，端详着。
双手落下，死去一般。

静默。

声音一

那个沙塔拉姑娘一直没有治愈过吗？

声音二

一直没有。

声音一

他们没有听见她喊叫吗？

声音二

没有。
当时，他们对一切都充耳不闻。
视而不见。

停顿。

声音一（停顿）

他们抛弃了她？（停顿）杀死了她？

声音二

是的。

停顿。

声音一

他们犯下了这一罪行……

声音二（几乎听不到）

是的。

静默。

声音一

那个沙塔拉姑娘，她当时想做什么？

声音二

跟着他们
看着他们
看着他们，这对恒河情人

静默。

这正是我们现在正在做的：看着。

男人此刻缓缓地在安睡的女人身旁躺下。他的手继续在她的脸上、身上抚摩着。

远处，传来隐隐的声响，是桨声、水声。之后，是笑声，是齐特拉琴声，渐渐远去。

声响消失。

声音二

听……
恒河渔夫……
乐师……

静默再至。
声音重又谈起天气的炎热，谈起它们的欲望。

声音二（缓缓地）

难耐的夜
难耐的热
地狱一般

静默。

此时响起语词清晰、难以平息、可怕骇人的声音：

声音二

我爱你们爱得欲火中烧。

没有回答。
静默。

此时此刻，麦克·理查逊（即那位情人）的手骤然停止了对那女人身体的抚摩，就好像声音二的那最后一句话把他的手定格在那里。

他的手定格在女人的身体上。

静默。

第二个男人走进房间。他在门口站了一下，看着这一对情人。

麦克·理查逊的手又动了起来，继续抚摩着裸露的身体。

那男人向他们走去。

他也同那个情人一样，坐在她身旁。

情人的手抚摩得更为缓慢。

随后停了下来。

新来的男人并没有抚摩那女人的身体。

他也躺了下来。

三个人一动不动地躺在吊扇下。

静默。

雨。

孟加拉湾又见暴风雨。

雨声伴着安睡的人。

声音似清新的气息，似窃窃私语。

声音一

雨……

声音二

是的……

停顿。

声音一

清爽……

静默。

天色晴朗，但依然是夜间。

渐渐地响起了音乐声，是贝多芬《迪亚贝利主题第十四变奏曲》。钢琴声非常遥远。

雨渐小。

雨后，一道白光出现，是花园小径上的月光。没有风。

屋里三个人闭着眼睛在睡。

两个声音轻柔甜美，错落交织，即将咏唱安娜-玛丽·斯特雷特的传奇。这故事缓缓道来，是一篇充满记忆碎片的诵文，其间又不时从遗忘之中冒出一句完整的话。

声音一

来自威尼斯。
她原是威尼斯人……

声音二

是的。音乐，在威尼斯学的。
音乐的未来之星……

声音一（停顿）

从未曾放弃?

声音二

从来没有。

静默。

声音一（缓缓地）

原名安娜·玛丽亚·瓜尔迪……

声音二

是的。

静默。

声音一

第一次婚姻，在殖民地的第一个驿所?

声音二

沙湾拿吉，老挝。
嫁给了法国殖民地的一个行政官员。

那年她十八岁。

声音一（回忆着）

噢，是的……有一条河……
她坐在河岸上。已然如此……
她望着那条河。

声音二

湄公河。

声音一（停顿）

她默不作声？
她哭了？

声音二

是的。有人说："她会不适应的，应该把她送回欧洲。"

停顿。

声音一

不能忍受。已然如此。

声音二

已然如此。

静默。

声音一（出现幻视）

她周围这些栅栏？

声音二

那是殖民地行政总署的大院。

声音一（出现幻视）

那些卫兵呢？

声音二

官方的卫兵。

声音一

已然如此……

声音二

是的。

声音一

已然如此，不能忍受。

声音二

不能。

静默。

声音二

有一天，一艘官方的小艇开来，斯特雷特先生前来视察湄公河上的各个驿所。

声音一（停顿）

他把她从沙湾拿吉抢走了？

声音二

是的，把她抢走了。

他带着她在亚洲各国的都市任职，前后十

七年。

停顿。

声音二

先是在北京。
随后是曼德勒。
曼谷。
有人在曼谷又见过她。
还有仰光，悉尼。
在拉合尔也有人见过她。
十七年。
后来是加尔各答。
加尔各答：
她死在这里。

静默。

又高又瘦的白衣男子走进了花园。
那两个“声音”没有看见他。
他停下来。透过窗户的护栏，看着里面睡着的三个人。

声音一

墓碑上刻的是安娜-玛丽·斯特雷特吗？

声音二

安娜·玛丽亚·瓜尔迪。字迹被冲刷掉了。
她葬在英国公墓……

声音一（几乎听不见）

是的……

静默。

白衣男子向装着护栏的窗户走去，想隔着护栏打量那三个在睡的人。

他停下来，他看着她，只看她。

“声音”一直没有看见他。

声音一

麦克·理查逊每年夏天都来沙塔拉。

声音二

是的。
而她却很少来……
那年夏天……

瘦长的男子一直在打量安睡在那里的安娜-玛丽·斯特雷特的

身体。

目光茫然。令人害怕。他打量着那两个声音正在说起的那个男人，目光落到那入睡的身体上。

声音始终没有看见他。

声音一

英国人，麦克·理查逊?

声音二

是的。（停顿；阅读：）“麦克·理查逊，为了留在印度，在孟加拉创办了一项海事保险生意。”

声音一

留在她身边。

声音二

是的。

瘦长男子走开了。看得见他的背影，他沿着花园小径向网球场缓缓走去。

声音一

睡在那里的另外那个男人是谁?

声音二

他路过这里，是斯特雷特夫妇的一个朋友。
谁要她，她就属于谁。
谁要她，她都以身相许。

声音一(停顿，痛苦)

加尔各答之妓。

声音二

是的。
没有上帝的女基督徒。
一代名娇。

声音一(轻声)

爱。

声音二（几乎听不见）

是的……

静默。

瘦长的男子向停靠在空寂的网球场护网上的那辆红色自行车走去。

他被声音发现了。

它们又开始说话，声音很低，伴着恐慌。

声音一

他又回到花园里来了……

声音二

是的……每天夜里都来……
来看她……

静默。

那个男子迟疑了片刻。随后走近安娜-玛丽·斯特雷特的自行车。

声音一

从来没有和她说过话……

声音二

从来没有。

从来没有接近过任何女人……

停顿。

声音一

拉合尔的童男……

声音二

是的……

那个男子靠在自行车上。

伸出手去。迟疑片刻。

之后，触碰自行车。

抚摩。

俯身。

用双臂抱住。

就这样待着，怀抱着安娜-玛丽·斯特雷特的自行车，定格在这爱欲的姿态之中。

静默。

不知不觉间，那三个入睡者中间，有人动了起来：是她。

当他在这里向自行车倾下身去时，躺在那里的她起身站了起来。她缓缓地站起身来，缓缓地向花园转过身去。

安娜-玛丽·斯特雷特望着正在拥抱她的自行车的白衣男子。

静默。

那个男子猝然放开自行车。双臂垂下，双手张开，神情失落且激动不已。男人的呜咽声(此刻能直接听到的惟一声音)。

女人一直在看着他，双手平放在地上，坐在那里。

呜咽声止。

那个男子站起来。

他站在那里，面对着自行车。

然后，他慢慢转过身来。

他看见她了。

女人一动不动。

静默。

两人四目相对。

这样持续了几秒钟。

静默。

是他先挪开目光。

他先是转过脸去。之后动了动身体。

他走开了。

她坐在地上，看着他走远。

直到他完全消失，她才极为缓慢地回到那架噩梦般的吊扇下面，在先前入睡的地方躺下。

静默。

一动不动。

远处传来副领事的呜咽声。

又是一片静默。

花园里，光线再一次转暗，呈铅灰色。

空寂的花园里，没有一丝风。

声音二（惊恐，轻声）

您心脏的跳动声，让我害怕……

静默。

在一动不动躺着入睡的三个人中间，又有了动作出现。是麦克·理查逊的手，他的手伸向女人的身体，抚摩着，之后停放在上面。

麦克·理查逊没有睡。

光线更暗了。

“声音”二透着欲念和惊恐。

声音二

您的心，这么年轻，一颗童心……

没有回答。

静默。

声音二

您现在到底在哪里？

没有回答。

静默。

远处传来叫喊声。是副领事在叫喊。绝望的叫喊。猥亵的叫喊。令人心碎。

声音一（淡漠）

他在喊什么？

声音二

她的威尼斯名字，
在荒凉的加尔各答。

静默。

叫喊声渐远。

消失。

声音二，惊恐之中，一口气背诵出那桩罪行，拉合尔的罪行：

声音二（轻声）

“在拉合尔，他开枪射击。一天夜里，在他的阳台上，他向夏利玛花园里的麻风病人开枪。”

静默。

声音一充满柔情，宁静的柔情：

声音一

不能忍受。

声音二

是的。

声音一

对印度，不能忍受？

声音二

是的。

声音一

不能忍受印度的什么？

声音二

意念。

静默。

光线愈加暗淡。吊扇下面躺着的三个人的身影愈来愈模糊难辨，只有吊扇的翼片始终在缓慢地摇曳。

那几个人影已经完全分辨不清了。

静默。

声音一

一辆黑色蓝旗亚正在通往尚德纳戈尔的公路上疾驶……

没有回答。

声音一（继续说）

就在那里……她第一次……

停顿。

声音二

是的。
被救护车带回……
据说是一场车祸……

停顿。

声音一

自那以后……她就一直很瘦……

声音二（几乎听不见）

是的。

贝多芬《迪亚贝利主题第十四变奏曲》，远远地传来。

完全黑暗

随后，在花园上方，天空中闪起了亮光，或是晨光，或是火光，暗红的火光。

声音缓慢，语词沉静。

声音一

火光……那边？

声音二

是焚尸炉。

声音一

焚烧饿死的人吗？

声音二

是的。
天亮了。

静默。

在焚尸炉的火光中,《第十四变奏曲》一直演奏完毕。

黑暗

二

场景同前。

只是，就像观察点有所变化一样，场景的右侧显现在我们面前：有一些门敞开着，通向使馆的客厅。这些门也通向花园。

（仿佛这些客厅坐落在使馆的侧翼。）

四处灯火通明。吊灯都点亮了。

花园里挂着威尼斯灯笼。

静默。

看上去法国使馆里空无一人。

客厅里什么都看不见，只有灯光从门内泻出，照亮了花园。

场景的这种空寂状态持续了几秒钟。

随后，一个仆人不声不响地走过。他手里托着一盘香槟酒杯，穿过这个地方，然后向右边走去。

依然静默无声。依然空寂无人。

等待。

随后，突然一片嘈杂。

招待会的嘈杂骤然响起。晚会启动，就好像有机器助推着：突然之间，一下子，从墙后、从门口，响起一片嘈杂。

有女声唱着《快乐的寡妇》。有一架钢琴、两把小提琴伴奏。

音乐背后：

许多谈话声，混在一起。

杯盘声，等等。

听不到跳舞者的脚步声。

没有任何对白是在现场发生的，没有任何谈话被看到。说话的人绝不是在台上的演员。

只有一个例外，即副领事的呜咽声，将会被看到，被听到。

当不在现场的对白传出的时候，招待会的嘈杂将相应减弱。

在有些对白出现的时候，比如在使馆青年随员和安娜-玛丽·斯特雷特之间，或者在法国驻拉合尔的副领事和安娜-玛丽·斯特雷特之间，现场的嘈杂**几乎**完全停止。可以设想，面对这样的交谈，场上的人惊愕万分，纷纷停止说话，**只顾看着他们说**。招待会嘈杂的远去淡出，绝非任意而为。

所有的对白，无论是否突出强调，无论是否令招待会宾客噤声，应该让人觉得**只被观众听到，而不是被招待会的宾客听到**：

出现这些对白的同时，也应该维持哪怕是非常微弱的嘈杂。这些对白与内容不同的其他一些对白相隔相混，也应该可以证实这些需要突出的对白是否被宾客们听到，听得是否清楚。同样，时不时地，会有某些被听到的对白**以多少有些失真的方式被转述**。正是这些**轻微的不实转述**，才能更好地证明只有观众最能**听清楚**那些需要突出的对白。

招待会的嘈杂应来自舞台和客厅的右侧，就好像大厅的墙后面也是招待会的一部分。

安娜-玛丽·斯特雷特身穿一件黑色长裙，即她在沙塔拉舞会上穿的那件，《劳儿之劫》中对此有过描写。

男人们都穿着黑色晚礼服。法国驻拉合尔的副领事除外，他穿一件白色晚礼服。

招待会上的其他女宾身着长裙，各式花色。

招待会在进行期间，或扩展到花园里，或扩展到我们已经了解的那处场所：安娜-玛丽·斯特雷特的私人客厅。

眼前场景或舞台，从音响效果看，应该起到回音室的作用。说话的声音，应透过这一空间直达观众，如同观众本人“内在阅读”的声音一样。

背景看上去应让人感觉**意外**：一个闲人免进性质的招待会“整体”搬至舞台。

台词通常应该极其精准。不应该让人听起来感觉**非常自然**。排练中如有轻微的语误也应该及时纠正，任何对白都**不例外**。

应该感觉到是在进行一场阅读，事后的阅读，即**上演过后**的阅读。这就是我们所说的“内在阅读的声音”。

切记：没有任何一句话是在舞台上说出的。

有女声在演唱《美妙的时光》。之后，乐队又演奏了一遍。

一对舞伴跳着华尔兹，穿过花园的一个角落。

女人们的说话声（相当近）：

“在季风来临之前，这是最后一次招待会。”

“什么？季风还没开始吗？”

“刚刚开始。半个月后势头最猛。见不到太阳。六个月的时间……您瞧着吧……简直无法睡觉……就等着暴风雨到来……”

一个印度仆人走过，向招待会大厅走去。他手上端着一个盘子，盘子上放着装满香槟的酒杯。

两对跳着华尔兹的人出现，他们跳着舞。舞步缓慢。随后消失。

女人们的说话声（更远些）：

“她邀请了法国驻拉合尔的副领事……”

“是的。最后一刻，她寄给他一张卡片：‘来吧。’大使没有干预。”

一个青年男子到了。他停下来，打量四周。看起来，他不了解大使馆的这个场所。他神情疲惫，似乎要逃离招待会。他向着空寂的网球场望去。

在他这样看着的时候，一对舞伴舞到花园的一角，随即消失。

男人们的说话声（谈到这位青年）：

“这人是谁？”

“新来的随员……来了一个月……他不习惯。”

“他是头一次来这里。”

停顿。

“他会回来的。会被邀请的，邀请到岛上去……由大使出面邀请到岛上去。为了她，为了他的夫人。”

停顿。

“凭什么说他要被邀请到岛上去呢？”

停顿。

“目光里的忧戚……她不喜欢习惯这里的人……”

“有那种人吗？”

“有时会有……”

“在印度的小圈子，这就是秘密所在……对吧？”

“对。”

青年随员继续四下观望。然后他又转身面向舞会方向，打量起招待会大厅。随后，又转过身来。

《美妙的时光》演奏完毕。

一时没有音乐。

只有大厅里的嘈杂。没有笑声。一切似乎都有些沉闷。

在花园里，一些女人走过，好奇地向法国大使夫人的客厅张望。她们手里摇着很大的白色折扇。

她们走过去了。

一个男人在说话(是大使)：

“听我说，我夫人可能已经对你说了……我们很想哪一天邀请你到岛上来……知道吗？有的时候，对有些新来的人，我们还想加深了解……正常情况下的那些社交礼节，在这里行不通……我们不是在挑选……(声音中含着笑意)你意下如何？使馆别墅朝向大海，是我们国外分行的建筑，应该去见识一下。并且，这些岛屿对健康有益，特别是最大的那座岛，那是整个三角洲最大的岛。”

静默。

男人们的说话声：

“他写作，大使先生……你不知道吗？我读过他一小册诗集……”

“有人对我说过……是她让他放弃写作的吧……”

静默。

一支探戈舞曲，取代了《美妙的时光》。

法国驻拉合尔的副领事走进了花园。他身穿白色晚礼服。独自一人。似乎还没有人注意到他出现。

男女之间的两组交谈（以下分为第一组和第二组）：

第一组

“她本不必请他来，以免大家尴尬……”

停顿。

“他到底做了什么？我一向孤陋寡闻……”

“最糟的……怎么说呢？”

“最糟的？”

静默。

第二组

“这个女人令人费解。没有人知道她怎么打发时间……她都忙些什么？”

“她大概是读书吧……在午休和散步之间这段时间，她能做什么呢……”

“总有一包包的书从威尼斯寄到她名下……她也要照看两个女儿……旱季的时候，她们去打网球，她们从办公楼前走过，大家都能看见，三个人，都穿白色衣服……”

停顿。

“人人好奇她忙些什么，这本身就好奇怪……”

静默。

第一组（续前）

“他杀人了吗？”

“他夜里朝夏利玛的花园开枪……没听说？但是在他拉合尔寓所的镜子里也找到了子弹……”

“他是在向自己开枪……”（轻声笑）

没有回答。

“那些麻风病人，说起来也分不清他们与别的东西有什么区别……”

“瞧，您也是知情者，您提到麻风病人……”

静默。

第二组（续前）

“她也骑自行车，一大清早，在花园里。当然，季风期除外……”

第一组（续前）

“官方版本怎么说？”

“精神崩溃……经常发生。”

停顿。

“真奇怪，这个人让人总要想起他来……”

麦克·理查逊走了进来。他没有穿礼服。他就近坐下。吸着一支香烟。他没有朝花园里看。

花园里，副领事在那里，他看着麦克·理查逊。

两位女宾从右侧进来，停住。她们看见了麦克·理查逊，好奇地打量他。他对她们视而不见。

一个仆人走了过来，手上端着香槟酒杯，递给麦克·理查逊一杯。随即离开。

远处，似乎传来探戈舞曲。

麦克·理查逊站了起来，朝招待会大厅走了几步，站在远处张望一番，之后转过身来：他看到了花园里的副领事。

女人们的说话声(低声)：

“瞧……麦克·理查逊……”

停顿。

“啊，是的……他不来参加招待会？”

“从来不。只在招待会快结束的时候，午夜时分才来。几个密友待在一起……”

停顿。

“这是怎样的故事……怎样的爱啊……据说他抛弃了一切，跟她走了……”

“抛弃一切。他那时已经和别人订婚了。一切。一夜之间。”

静默。

麦克·理查逊正要起步走向副领事——走向花园的大门口。
副领事转过身去。
麦克·理查逊停了下来。
两位女宾目不转睛地看着。

女人们的说话声(低声，惊恐):

"看，花园里……"
"啊……是他?"
"是他。"
"那么瘦……那张脸……像移植过来一样……那么苍白……"

静默。

麦克·理查逊又转身面向招待会大厅。
一直目不转睛地看着的女人们消失了。

女人们的说话声(续前):

"他们互相认识吗?"
"好像不认识……"

静默。

副领事看着招待会大厅。麦克·理查逊又重新开始打量他。副领事看上去很专注，没有注意到他。

男人们的说话声:

"夜里，他在阳台上开枪。"

“是的。他还大声喊叫。半裸着身体。”

“喊些什么？”

“语无伦次的话。他还笑。”

停顿。

“在拉合尔难道没有任何女人对他比较了解一些，能说出点儿什么？”

“没有，一个都没有。从来没有过。”

“怎么可能？”

“他的寓所，他在拉合尔的寓所，从来没有人进去过……”

“太可怕了……这样的节欲生活……太可怕了……”

静默。

麦克·理查逊转身向招待会大厅望去，想弄明白副领事在专注地看着什么。

一些男女的说话声：

“听说了吗？大使对那位青年随员说：‘大家都躲着他，这我知道……他叫人害怕……但是如果你能过去和他说说话，我将不胜感激。’”

“关于他的出身，他的童年，谁又知道些什么？”

“他父亲在讷伊开一家小银行。他是个独生子。他母亲大概离开了他父亲。他多次因行为不端被学校开除。学习成绩优异，不过是在中学以后……就是这些……”

“总之，还是一无所知……”

“一无所知。”

停顿。

“难道我们每个人身上……怎么说呢？不都有着千分之一的可能像他在……那样（停顿）……算了，我只是这样想想……没什么……”

没有回答。

静默。

一对舞伴从大厅来到花园。他们看见了副领事。放弃了继续往花园里走的打算。麦克·理查逊看着他们。他们犹豫了一下。转身。又回到了大厅。

副领事望着大厅，笑了起来。

几个女人摇着扇子从花园里走过。她们没有看见副领事。她们停下来，远远地向招待会大厅张望：有什么事吸引了她们的注意力。

女人们的说话声：

“她在和谁跳舞？”

“大使。”

“听说过吧，他是把她抢过来的，从法属印度支那一个偏僻驿所的行政长官那里抢过来的……我记不太清了，好像是老挝……

“沙湾拿吉？

“不错，正是……

“您不记得了吗？‘缓缓的大蓬船，沿着湄公河缓缓地向着沙湾拿吉行驶，宽大的船形在原始森林和灰色的稻田间穿梭，夜晚时分，成群的蚊虫贴在蚊帐上面……’”

“多好的记忆力……（轻声笑）”

静默。

“他们在亚洲辗转了整整十七年。”

静默。

他们都在看着招待会大厅（大使和他的妻子在跳舞）。
副领事暗自在笑。

男人们的说话声：

“他和别人谈起过拉合尔吗？”

“从来没有。”

“谈起过别的什么吗？”

“我想没有……有人从法国给他写信来。一位年长的姨母……来信都被截取了……好像他曾对欧洲俱乐部经理说过，他去过少管所……十五岁那年……在北方……”

“他跟他交流吗？跟那个酒鬼？”

“是这么回事……酒鬼在那里，他自说自话……（轻声笑）”

“等于跟谁都没有交流。”

“正是这样……（轻声笑）”

“那么，他在印度这个使他发狂的地方发现了什么呢？他事先难道不知道吗？非要亲自来这里才……总可以打听一下的……”

女人们的说话声：

“他有时看上去很开心。瞧……就好像忽然之间幸福满怀……”

停顿。

“可能是在她跳舞的时候……”

“这想法可非同一般……”

“我也是刚刚才意识到……”

静默。

“谁提起过孟买？”

“他，跟俱乐部经理说的。他想象自己坐在阿曼海边的一条长椅上摄影留念……（轻声笑）”

“好像自那以后他就没再提起过。”

静默。

青年随员此时也走进花园。

他向副领事走去，缓缓走去，似乎要去驯服他。副领事想要躲开。青年随员犹豫了一下，随后还是挽住了他的胳膊。副领事无法躲开了。

青年随员做了个手势，请副领事跟他来。

两个人向招待会大厅走去。进入大厅。麦克·理查逊看见了他们，他是惟一一个没在看安娜-玛丽·斯特雷特同她丈夫跳舞的人。

女人们的说话声：

“看到了吗？”

停顿。

“看到了，他看的就是她……”

停顿。

“依我看，孟买太抢手了，他们会把他打发到别的地方去……”

静默。

“跟我讲讲斯特雷特夫人吧。”

“无可挑剔。您到厨房后边看看，那里有为乞丐们准备的大盆清水……是她……”

“无可挑剔……（轻声笑）算了吧……”

“什么都看不出来。在我们这里，这就叫作‘无可挑剔’。”

静默。

又有几个人出现在花园里，向招待会大厅里张望。女人们摇着扇子。（再次提醒注意：说话的那些人不是我们眼前能看见的这些人。）

仆人们不时走来走去。

一个男人和一个女人的说话声：

“有人说她经历着某种悲怆的煎熬。不过那是一种非常古老的悲怆……太古老了，无法再令她悲伤……”

停顿。

“可她会哭泣……有人看到过……在花园

里……时不时落泪……”

“也许是光线的缘故，光线那么刺眼……而她的眼睛又是那么清澈……”

“也许是这样……真是优雅动人……看啊……”

“是的……”

“优雅得让人担心……不是吗？”

静默。

麦克·理查逊在房间的左侧坐下来。他看上去在等待什么。他并没有向招待会这边观望。很明显。他长相俊美。比安娜-玛丽·斯特雷特年轻。落落寡合。

他正在吸烟。既紧张，又专注。

有一些人在分别交谈，无论这些人是否看到副领事走进招待会大厅。

女人们的说话声：

“玫瑰是直接从尼泊尔运来的……”

“舞会结束时她要分送给大家。”

“（低声）瞧……他来了……”

静默。

“他没有注意到大家都在看他……”

“看不清他的眼睛……”

“那张脸像是死人的脸……不是吗？让人害怕……”

“笑容像是……贴上去……（停顿）他笑什

么呢？”

“谁知道？”

停顿。

“在花园里，当他往办公室走去时，嘴里总是吹着《印度之歌》。”

“他做什么工作？”

“文件归档……没有什么……总不能让他闲着……”

静默。

男人们的说话声：

“真的好奇怪……大多数女人到了印度皮肤都特别白……”

“她们躲着阳光生活。百叶窗关着……离群索居……此外，她们在这里无所事事……被伺候着。”

“是的，休养着。”

静默。

“当她带着女儿们去打网球时，坦白地说，我都在看……穿着运动短裤……啊……女性的大腿，长在这里、这样可怕的地方，真是太美了……（停顿，突然地）啊……快看……”

静默。

女人们的说话声：

“最先要看的，就是那些岛……”

“漂亮啊……要是没那些岛我们在这里可怎么活？”

“将来会让我们怀恋起印度的地方，正是印度洋上的这些岛屿……”

静默。

单独的女声：

“季风期最好的保健方式……滚烫的绿茶……还不知道吧？……中国人就是这么做的……”

静默。

女人们的说话声：

“看见了吗？……青年随员在和拉合尔的副领事说话呢……”

静默。

“他的声音……听他的声音……失真的声音……”

静默。

此刻几乎是一片寂静。所有人都应该去看青年随员和副领事。

（副领事的声音生硬，近乎刺耳。青年随员的声音正相反，轻柔且低沉。）

青年随员和副领事在说话：

副领事：当然很艰难，可是对您来说，主要是什么问题?

青年随员：当然是气候炎热……还有生活单调……还有这种光线……毫无色彩……

我不知道自己最终是否会适应……

副领事：这么严重?

青年随员：也就是说……从法国出发时，我并没有什么先入为主的……您呢？在拉合尔之前……您没有更喜欢别的地方吗?

副领事：没有。拉合尔正是我想要的。

静默。

随后，响起了《印度之歌》。

一个男人和一个女人的说话声(低声)：

“听到了吧？”

“听不清楚。我听到的是：‘拉合尔正是我愿意要的……’”

“我听到：‘正是我……正是我想……’”

“什么意思呢？没什么意思……”

“(无停顿)报告里说，有人从他窗外看见他，大半夜像大白天一样，在屋里来回走……一个人……在屋里说话……一直这样……”

“……大半夜像大白天一样……”

“是这样……”

静默。

这时响起单独的男声，带着浓重的英国口音，盖过了其他声音。

单独的男声（乔治·克劳恩）：

“大家到酒吧间来吧。我是安娜-玛丽·斯特雷特的一个老朋友……我叫乔治·克劳恩……大家要习惯自己动手……酒吧间没什么人啊……”

有一阵人声嘈杂（许多人都向酒吧间走去）。

单独的女声：

“他这么说是为了给大家解闷……”

嘈杂声停止。

青年随员：到酒吧这边来吧。（停顿）您怕什么？

没有回答。

青年随员：听说您喜欢去孟买？

副领事：他们不留我在加尔各答吗？

青年随员：是的。

副领事：既然这样，我听从领事部门的安排。他们派我到哪里都可以。

青年随员：孟买那里人口少一些，气候也比较好，还靠近大海，值得考虑。

静默。

单独的男声：

“别人跟他说话他好像充耳不闻。”

青年随员：您在做什么？过来吧……

副领事：我在听《印度之歌》。（停顿）我来印度就是因为《印度之歌》。

静默。

安娜-玛丽·斯特雷特（在第二幕里）第一次出场。她从招待会大厅出来。朝着麦克·理查逊微笑。他站了起来，看着她向自己走来。脸上没有笑容。谁也没看见他们（大家都在看副领事和青年随员）。麦克·理查逊一直在等的就是她。

安娜-玛丽·斯特雷特和麦克·理查逊互相看着。

他紧紧拥抱她。

他们单独在房间的一个角落跳起舞来。

这时人们听到副领事那**尽人皆知**的声音响起。

副领事：一听到这首曲子，我就想去爱。我还不曾爱过。

没有回答。

静默。

副领事说这句话的时候，那对情人在我们面前跳着舞。

这一对舞伴从舞台的左侧消失。

《印度之歌》一直在演奏。

副领事：请原谅。

我并没有申请调阅我的档案。不过您是了解情况的。那上面怎么说的？

青年随员：上面说，拉合尔……您在拉合尔做的事……人们无法理解您在拉合尔的所作所为，无论以哪种方式……任何人都无法理解……

副领事（停顿）：任何人？

没有回答。

静默。

女乞丐在花园里出现。

她躲在一排灌木丛后面。

待在那里。

男人们的说话声：

"他说，他无法以令人信服的方式解释他在拉合尔的所作所为。"

"……令人信服的？"

"我记住这个词了。"

安娜-玛丽·斯特雷特此时从房间的左侧出现。缓缓走来。随后站住。她向花园里张望着：两个恒河女子互相望着。

女乞丐探出她的秃头，面无惧色，又重新躲藏起来。

安娜-玛丽·斯特雷特依然缓缓起步，走开了。

女人们的说话声：

“只有她一个人去岛上，大使本人去尼泊尔打猎。”

“一个人吗……终于……”

“还有他，麦克·理查逊。还有别的人……”

“听说她的情人都是英国人，是使馆圈子的外来人……还听说大使本人是知情的……”

“要知道，当他遇到她的时候，他没有什么非分之想……他比她年龄大……”

停顿。

“他们夫妻之间的情意是久经考验的……”

静默。

安娜-玛丽·斯特雷特走进招待会大厅。

《印度之歌》演奏完毕。

副领事又来到花园。

他站在女乞丐旁边。彼此都没有看见。

布鲁斯舞曲响起。

一些男女的说话声：

“出于礼节，应该请法国大使夫人跳一曲……”

“瞧……他离开了青年随员，又回到花园去了……”

“又回去了……从晚会开始他总回到那里去……”

“随时准备溜走的样子。”

"可与此同时……"

静默。

副领事站在那儿一动不动，竭力向大厅里张望。

此前的对话继续：

"他在看什么？"

"在看正和青年随员跳舞的法国大使夫人。"

静默。

青年随员和安娜-玛丽·斯特雷特一边跳舞一边来到房间里。之后他们转回招待会大厅。他们所到之处，也出现静默。

女人们的说话声（低声）：

"听到了吗？（停顿）她对他说：'我倒情愿像您那样，在夏日季风时节，平生第一次来到印度。'（停顿）他们离得太远……我听不清楚了……"

安娜-玛丽·斯特雷特和青年随员之间的谈话

（安娜-玛丽·斯特雷特的声音轻柔妙曼）：

安娜-玛丽·斯特雷特（有意重复刚才那句话，但略有出入）：我倒情愿像您那样，在雨季，平生第一次来到印度。（停顿）您有没有感到烦闷？晚上，星期天，您都做什么？

青年随员：读书，睡觉……我也不太清楚……

安娜-玛丽·斯特雷特（停顿）：您知道，烦闷这东西，纯属个人问题，别人不好建议什么。

青年随员：我并不觉得烦闷。

停顿。

安娜-玛丽·斯特雷特：不过……（略有停顿）……也不一定有人们说的那样严重……那几包书，我得感谢您，很快就让人从办公室给我带过来了……

青年随员：不客气……

静默。

在他们周围渐渐响起一些轻微的说话声。

在二人对话的静默间歇，有男人们的说话声：

“这女人真让人捉摸不透。读那么多书……在三角洲的别墅里，又常常彻夜不眠……”

“真是这样……这柔美动听的声音后面，隐藏着什么？”

“她的微笑又几乎总是令人心碎……”

静默。

安娜-玛丽·斯特雷特：您知道，在印度，几乎没有什么是可能的……只能这么说……

青年随员（温情脉脉）：您指的是？

安娜-玛丽·斯特雷特：哦……没什么……普遍的沮丧……（声音里带着笑意）

一些男女的说话声：

“听说，她有时候会经历严重的……危机……”

“（低声）您说的是……尚德纳戈尔的旅行，对吧？”

“是的。还有其他……有时她把自己关起来……谁也见不到她……”

“除了他，麦克·理查逊……”

“当然……”

安娜-玛丽·斯特雷特：在印度生活，既不艰苦也不惬意。既不轻松也不困难。没什么……您瞧，没什么……

青年随员（停顿）：您想说的是，难以忍受？

安娜-玛丽·斯特雷特：就是说……（声音中透着可爱轻松）……也许……是这样……（声音里带着笑意）不过，要是这样说，未免有些简单化……

一些男女的说话声：

“在威尼斯的时候，她就已经举办过音乐会

了……她曾经是欧洲音乐的希望之星。”

“她离开威尼斯的时候，年纪轻轻？”

“是的。和一位法国官员成婚，后来她离开他跟了斯特雷特。”

静默。

青年随员：听人说，您是威尼斯人。

安娜-玛丽·斯特雷特：我父亲是法国人，我母亲，是的……她是威尼斯人。

静默。

一些男女的说话声(续前)：

“她几乎每天晚上都弹钢琴。当然，是在旱季的时候。(停顿)季风期到来时，湿度太大，所有的钢琴一夜之间都走了音……”

静默。

青年随员：第一次见到您时，我还以为您是英国人。

安娜-玛丽·斯特雷特：常有这样的情况。

停顿。

青年随员：还是有人一直也不适应这里吗？

安娜-玛丽·斯特雷特(缓缓地)：几乎所有人都适应。

静默。

青年随员(突然很直截了当)：那位法国驻拉

合尔的副领事正在看您。

没有回答。

青年随员：他从晚会一开始就一直在看您。

没有回答。

青年随员：您没有注意到吗?

避开回答。

安娜-玛丽·斯特雷特：他愿意到哪里就任，您知道吗?

青年随员(他知道)：此地，加尔各答。

安娜-玛丽·斯特雷特：原来如此……

青年随员：我还以为您知道。

没有回答。

静默。

仆人走过。

舞曲交替：布鲁斯、探戈、狐步舞。

安娜-玛丽·斯特雷特：我丈夫对您说了吗?我们希望请您来岛上。

青年随员(停顿)：非常荣幸。

静默。

一对男女的说话声：

“仔细听的话，她有意大利口音……”

停顿。

“确实……也许正是这种异国出身，才使她

的存在……显得……虚幻。”

“也许……”

安娜-玛丽·斯特雷特：您写作吧？

青年随员（停顿）：我以为自己能写点儿什么。从前。（停顿）有人对您说过？

安娜-玛丽·斯特雷特：是的，不过我自己也能猜出来……（声音中带着笑意）从您沉默的方式看得出来……

青年随员（微笑）：我现在不写了。（停顿）斯特雷特先生从前也写作吧？

安娜-玛丽·斯特雷特：是的，有时也写。不过后来……（稍停）

青年随员（停顿）：那么您呢？

安娜-玛丽·斯特雷特：我从来没试过……

青年随员（直截了当）：您觉得没有必要，是吧？

安娜-玛丽·斯特雷特（微笑）：也就是说……（稍停）是的，可以这么说……

停顿。

青年随员：您演奏音乐？

安娜-玛丽·斯特雷特：有时候。（停顿）这几年少了……

青年随员（温情脉脉，已然带有爱意）：为什么呢？

安娜-玛丽·斯特雷特（缓缓地）：不太好说……

长时间停顿。

青年随员：告诉我。

安娜-玛丽·斯特雷特：某种痛楚……与音乐相连……对我来说……已经有段时间了……

没有回答。

静默。

副领事离开他在花园里的位置，走进招待会大厅。频繁来往于花园和大厅的人们目不转睛地看着他。

一片嘈杂声。伴有低声的惊呼。

随后便有两三对跳舞者来到花园，似乎为的是避开这位拉合尔的男人。

女人们的说话声：

“发生了什么事？”

“拉合尔的副领事邀请西班牙大使馆一秘的夫人跳舞。”

停顿。

“可怜的女人……可是大家都在害怕什么？”

“不是害怕……不如说是……反感……不由自主的反感……难以解释……”

静默。

青年随员：您有义务跟他跳舞吗？

安娜-玛丽·斯特雷特：我没有任何义务，但是……（声音中带着笑意）

停顿。

青年随员：昨天夜里，他曾在花园里。网球场那边。

迟迟才回答。

安娜-玛丽·斯特雷特：他大概睡眠不好。

停顿。

青年随员：他还在看您。

静默。

单独的女声：

“可怜的女人……她还以为自己有义务和副领事搭话……”

静默。

青年随员：反感是让您无动于衷的一种情感吧？

停顿。

安娜-玛丽·斯特雷特：我不明白……怎么会无动于衷？

青年随员（低声）：真可怕……

没有回答。

静默。

青年随员（直截了当、非常明确地）：他们在谈论麻风病。

静默。

青年随员说的是副领事同西班牙大使馆一秘夫人（以下简称

“西班牙女人”）之间的谈话。

副领事同西班牙女人的谈话：

西班牙女人（带口音）：……我们那里，就有一位秘书的太太，她疯掉了，以为自己得了那种病……根本没办法让她抛弃这个念头……只好把她遣送回马德里……

副领事：她得了麻风病吗？

西班牙女人（惊讶）：根本没有，您想啊……这种不幸很少发生……三年之中只有一次，是俱乐部的一个捡球员……所有人员都要定期进行体检……非常认真地检查……我不该对您说这些……不知道怎么想起说这些……

副领事：可是我不怕麻风病。

西班牙女人：那再好不过，因为……您知道吗？还有比这儿更糟的……比如在新加坡……

副领事（打断她的话）：我希望得麻风病。您没有理解吗？

轻微的嘈杂。

复归静默。

一个女人和一个男人的说话声：

“正跳着舞她就离开他了……发生了什么事？——他大概同她讲了什么……让她感到害怕……”

静默。

一些客人离开花园，回到大厅。

女乞丐探出她的秃头，四下张望，夜鸟一般。随后又躲了起来。青年随员大概看到了她。

青年随员：有一个女乞丐进到花园来了。

安娜-玛丽·斯特雷特：我知道……就是那个唱歌的，知道吗？当然，您刚来加尔各答……她唱歌，好像唱的是一首沙湾拿吉的歌……在老挝……她的故事让人费解……我想，也许是我弄错了，这不可能，我们这里距离印度支那有好几千公里……她是怎么过来的呢？

青年随员（停顿）：我在滨河大道上也听她唱过，大清早……那是一首欢快的歌。

安娜-玛丽·斯特雷特：在他们那边，孩子们都会唱这首歌……她可能是顺着河谷一路走下来的。可是，她是如何翻过豆蔻山脉的呢？

青年随员：她完全疯了。

安娜-玛丽·斯特雷特：不错，不过您看……她还活着。有时她还到岛上来。怎么过来的？不知道。

青年随员：她可能一直追随着您。追随着白人？

安娜-玛丽·斯特雷特：有可能。为了充饥。

静默。

一些客人从招待会大厅里出来。略有惧色。

一些男女的说话声：

“他在哪儿？”

“在酒吧间旁边……这个人，他酒喝得太多了。会出状况的。”

“他身上有令人难以相处的……东西。”

“是这样……”

“在拉合尔的时候也没有人接待他吗？”

“没有人。”

“他在拉合尔过的是地狱般的日子。”

“想象得出……可是要怎样才能克服这……这种反感呢？”

男人们的说话声：

“这个人，简直就是愤怒的化身。”

“跟谁愤怒？为什么愤怒？”

没有回答。

静默。

女人们的说话声：

“他曾经召唤死亡降临拉合尔，火灾降临拉合尔。”

“也许是因为醉酒？”

“不，不是……在这里，醉不醉酒都一样，所有人都想着要尽快离开……不，他当时没有喝醉……”

两个女人走进来。她们很热，摇着扇子。她们四处打量着。

一首布鲁斯舞曲。

她们向大厅里张望。

突然她们不摇扇子了：她们看到了一件令她们震惊的事。

布鲁斯舞曲。

单独的女声：

“这事迟早要发生。瞧……拉合尔的副领事正向斯特雷特夫人走去……”

静默。

男人们的说话声：

“您注意到了吗？这里的白人只谈他们自己。至于其他嘛……闹饥荒的时候，欧洲人自杀人数上升……”

“可他们并没有挨饿……（轻声笑）”

“没有……”

静默。

那两个女人十分好奇地盯着看（副领事正向斯特雷特夫人走去）。

招待会的嘈杂声在几秒钟内几乎完全停止。

随后嘈杂声渐起。出于礼貌，人们低声议论着。

两组男女的交谈（分第一组和第二组）：

第一组

“看到了吗？大使先生？多么机警……让夫人避开了麻烦……”

静默。

“他们去哪里？”

“去第二个客厅……您瞧，大使迟早都要……和他谈……看吧……”

静默。

第二组

“看到了吗？多么漂亮的举动……所有人都见识了。”

“他们去哪里？”

“第二个客厅。（停顿）”

有人给他们送香槟过去。

静默。

第一组

“他不离开招待会还等什么？就这样一直丢人现眼吗？”

第二组

“他对俱乐部经理说过这么一句话，一直让我难以释怀：‘在我家，在讷伊的家里，客厅里有一架黑色大钢琴，琴盖关着……乐谱架上有《印度之歌》的乐谱。我母亲经常弹《印度之歌》。我在卧室里能听到。她死后，乐谱一直留在那儿……’”

“什么地方让您如此动容？”

“那番景象。”

静默。

静默。布鲁斯舞曲。

斯特雷特夫人和青年随员穿过小花园。

大使同副领事的对话。

大使：就我的理解，我的朋友，您愿意去孟买？可是在孟买，您不会有同（迟疑）拉合尔一样的职位：时机不合适，目前还太早……但是，如果您留在这里……过去的事会被遗忘……印度就是一个无动于衷的深渊……您要是愿意，我可以把您留在加尔各答……您愿意吗？

副领事：愿意。

静默。

两个女人的说话声(低声):

“他对她说，他希望得麻风病。”
“真是个疯子……”

静默。

大使：您知道，职业生涯很神秘。越想得到，越难以遂愿。前程不是自己发明创造出来的。做法国副领事，可以有千百种方式……拉合尔的事，如果您自己把它忘掉，别人也会把它忘掉……

副领事(停顿)：我忘不了拉合尔。

静默。

单独的男声：

“只有一个人和他来往。欧洲俱乐部的经理，那个酒鬼。”

大使：加尔各答，您不习惯吧？(没有回答)对神经质，以及所有人们这样称呼的东西，还是有一些医治的办法，您知道吧？

副领事：不知道。

静默。

一个女人和一个男人的说话声(低声):

“他们在谈些什么？”
“谈阿拉斯的少管所，谈童年，还谈……

（稍停）”

“还谈什么……”

“还谈她……法国大使夫人……”

静默。

大使：万事开头难，开始的时候，每个人，我记得我自己也是这样，大家都处在同样的境地。面临着选择，要么离开，要么留下。要是留下来，那就应该找到……发明，对，发明一种看待事物、忍受拉合尔的方式……

副领事：我没有找到。

静默。

单独的女声（低声）：

“她和青年随员到花园去了。（停顿）我跟您说过的。”

静默。

大使：听着……好好掂量掂量……如果对自己没有……把握，就回巴黎去……

副领事：不。

静默。

大使：可是，归根结底……您自己对将来是怎么想的？

副领事：我没有任何想法。

静默。

女人们的说话声(低声):

“招待会结束后，剩下的食物都要分发给加尔各答的饥民。按她的要求。(声音更低)她来了……”

静默。

“啊，是这样……后花园里全是乞丐……厨房后面，挤满了人……”

“卫兵接到命令给这些人放行。”

静默。

安娜-玛丽·斯特雷特和青年随员(从左侧)上场，他们向招待会大厅走去。

布鲁斯舞曲结束。另一首布鲁斯曲调重新演奏起《印度之歌》。

在进入大厅之前，安娜-玛丽·斯特雷特突然站住了，青年随员也随之站住。他们在等待什么。

拉合尔男人，在房间左侧突然出现。他手足无措般向她走来。他停下脚步。倾身邀舞。面色苍白。

青年随员向安娜-玛丽·斯特雷特做了个手势，似乎为了阻止她接受邀请。

安娜-玛丽·斯特雷特略有迟疑，随后便接受同这个拉合尔男人跳舞。

《印度之歌》此刻听起来很遥远。所有的交谈声降低，变成了阵阵低语。几乎一片沉静。

副领事和安娜-玛丽·斯特雷特首先是在舞台中央跳舞。

青年随员盯着他们看。

随后他们便向大厅方向移动。

青年随员前行了几步，一直看着他们。

人们纷纷来到花园里。所有人都看着大厅方向。

安娜-玛丽·斯特雷特同副领事的对话，声音很低但很激烈，并且非常缓慢：

对话开始前，有很长一段静默。

副领事：我原先不知道这世上还有您存在。

没有回答。

副领事：对我来说，加尔各答已经代表着某种希望。

静默。

安娜-玛丽·斯特雷特：我爱着麦克·理查逊，我接受这份爱的约束。

副领事：这我知道。

您爱着麦克·理查逊，我也爱您。

我不在乎。

没有回答。

副领事：我的声音失真。您听得到我的声音吗？

这声音让他们害怕。

安娜-玛丽·斯特雷特：听得到。

副领事：这声音是谁的？

没有回答。

副领事：我在拉合尔向自己开枪，却没有因此丧生。

别人把我同拉合尔分开。但我自己没有和它分开。

拉合尔就是我。这您也懂吧？

停顿。舒缓。

安娜-玛丽·斯特雷特：懂。不要喊着说话。

副领事：好的。

静默。

副领事：您和我一起面对着拉合尔。这我知道。您在我心中。我会把您带到我心中的。（一声短笑，很可怕）您会和我一起向夏利玛的麻风病人开枪。您又能怎么样呢？

静默。

副领事：我不需要邀请您跳舞才认识您。这您知道。

安娜-玛丽·斯特雷特：我知道。

停顿。

副领事：我们之间，没有必要走得更远。（一声短笑，很可怕）我们之间无话可说。我们是同类。

停顿。

安娜-玛丽·斯特雷特：我相信您刚说过的话。

停顿。

副领事：那些爱情故事，您和别人去经历吧。我们不需要这个。

静默。

拉合尔副领事的声音变成了呜咽，他失声痛哭，难以克制。

副领事：我想闻一闻您头发的味道，所以我……（骤停，呜咽）

静默。

声音恢复，几近正常。

副领事：招待会后，你们几个密友在一起。
我也想和你们在一起一次。

安娜-玛丽·斯特雷特：您没有任何机会。

停顿。

副领事：他们会赶我走。

安娜-玛丽·斯特雷特：是的。
您就是他们必须忘掉的那种人。

停顿。

副领事：像拉合尔一样。

安娜-玛丽·斯特雷特：是的。

静默。

副领事：我的前途如何？

安娜-玛丽·斯特雷特：您将被任命到远离加尔各答的地方。

停顿。

副领事：这正是您、您所希望的。

安娜-玛丽·斯特雷特：是的。

停顿。

副领事：好吧。

那么何时是尽头？

安娜-玛丽·斯特雷特：直到您一死了之，我想。

静默。

副领事（凄惨）：何来这番磨难？落在我身上？

停顿。

安娜-玛丽·斯特雷特：了解。

副领事（可怕的笑声）：对您？

没有回答。

静默。

副领事：我要喊叫了。我要让他们今天晚上把我留在这里。

停顿。

安娜-玛丽·斯特雷特（停顿）：请便。

副领事：要在您和我之间发生些什么。

一场公共事故。

我只会喊叫。要让他们至少知道，爱是可以喊叫出来的。

没有回答。

副领事：我知道，半小时之内，他们会感到不自在。之后，他们会重新开始说话。

没有回答。

副领事：我甚至还知道，您不会告诉任何人说，您是同意我这样做的。

没有回答。

静默。

《印度之歌》结束。

换成《美妙的时光》，有人唱起。

天色暗淡下来。

两个醉酒的男人蹒跚走进，仰卧在扶手椅上。

与《美妙的时光》的歌声相伴相混，响起了拉合尔副领事的第一声叫喊。

副领事的喊声：留下我！

静默。

只见来宾们纷纷朝花园拥去。两个醉汉笑起来。其他人惊呆了。

副领事：今天夜里我要留在这里，和她在一起，只一次，和她！你们听到没有？

静默。

单独的女声：

“太不幸了……”

青年随员的声音：

“您应该回去了，我敢肯定，您喝多了……来吧……”

《美妙的时光》一直在演唱着。

副领事吼叫起来。

副领事：我要留下来！我要留在法国大使馆！

我要和她一起到岛上去！

我请求你们。我请求你们，留下我！

静默。

单独的女声(痛苦)：

“她好像没有听见……”

另一个单独的女声(痛苦)：

“可这太可怕了……”

静默。

副领事(吼叫)：一次！只一次！我只爱过她！

静默。

一个男人和副领事说话的声音：

“请原谅，您这样的人物，只有不在场的时候，才会让我们感兴趣。”

静默。

单独的女声：

“太残酷……太可怕……太恐怖了……”

呜咽。拉合尔的副领事失声痛哭。难以克制。所有的尊严一扫而光。

大家突然都纷纷躲避起来。

单独的女声：

“我真看不下去了……”

副领事出现。他抽噎得全身抖动。

他的抽噎不仅能看到，也能听到。

一个男人，一个陌生男人，过来抓起他的胳膊，把他带向使馆大门。副领事一开始还挣扎几下，随后，就突然不挣扎了，任凭那人带着他走。

他们消失了。

众人都久久望着他们。

单独的女声：

“他出去了。（长时间停顿）他们关上了栅栏门。”

远处，喊叫声重起：副领事又开始大声喊叫。

单独的女声：

“他又哭又笑。您看到了吗？”

静默。

《美妙的时光》继续演唱着，沉着镇定地演唱着。与此同时，人们从原地转身，背对招待会大厅，一起看着副领事离开的方向。

吼叫声继续。

单独的男声：

“他想强行打开栅栏门。”

静默。

《美妙的时光》演唱完毕。

喊叫声渐远。

一个声音：

“乞丐们害怕了……”

最后一个声音：

“他走了。”

静默，几秒钟后：

黑暗

黑暗覆盖起眼前的场景。很远处，女乞丐的身影掠过。

随后消失。

静默。

随后，突然响起贝多芬《迪亚贝利主题第十四变奏曲》。

黑暗

三

关于声音三和声音四的说明

声音三和声音四是男人的声音。将这两个声音联系在一起的，只是对恒河情人故事的迷恋，尤其是对安娜-玛丽·斯特雷特故事的迷恋。

声音三目前对这个故事的线索几乎一无所知。它向声音四发问，声音四介绍来龙去脉。

在所有的声音中，声音四是对这个故事忘却最少的，它几乎掌握全部情况。

声音三尽管几乎忘却了整个故事，但随着声音四向它介绍情况，它也能一一**回想起来**。关于声音三此前所知道的、有所了解并且非常了解的恒河情人故事的那些内容，声音四什么也没有对它说。

声音三与声音四的区别，亦即遗忘和记忆的区别，出自同一原因，即上文提到的这两个声音对这一故事的迷恋。

声音三抛弃了这一迷恋，声音四包容了这一迷恋。

无论是潜藏于一个声音，还是显现于另一个声音，恒河情人的故事都在这两个声音之中**存在**。处在残存或是再生的状态。

态度的差别，即包容与不包容的差别，应该在声音三和声音四的敏感性中体现出来。

声音四向声音三介绍情况也并非没有担心，也并非没有犹豫。它时常犹豫。声音三面临着危险，不是声音一所面临的陷入疯狂的危险，而是陷入痛苦的危险。

场景同前，依旧在大使馆。在缓缓消散的夜色中，他们五个人相聚一处：安娜-玛丽·斯特雷特，麦克·理查逊，青年随员，客人(斯特雷特夫妇的朋友)和乔治·克劳恩，一位英国老友。

醉酒的记者已经离去。这几个人在一种亲密气氛中相处，既聚在一处，又旁若无人。将他们分开的，是夜的疲惫。

他们在等待着。大家坐在扶手椅上，彼此间隔较远(只有安娜-玛丽·斯特雷特和麦克·理查逊距离较近)，难以相互交谈。

青年随员和斯特雷特夫妇的那位客人神情疲惫不堪，也是因为受到昨夜事件的影响。

不知道他们在等待什么。可能是等待天亮，好出发到岛上去。大概是这样。

贝多芬《迪亚贝利主题第十四变奏曲》始终在播放着。音乐之外，随着天色渐明，加尔各答的嘈杂声也阵阵传来。

安娜-玛丽·斯特雷特的头向后仰着，横靠在一把扶手椅上。如果她的眼睛没有睁开，她就如同睡着了一般。

麦克·理查逊在她身旁，半躺在一把矮脚椅上。

青年随员坐得笔直。他吸着烟。他似乎在倾听着加尔各答的嘈杂声，在一片嘈杂中突然传来喊叫声，那是拉合尔的副领事爱的呼唤的最后爆发。很明显，青年随员无法忍受这些喊叫。其他人忍受着。

斯特雷特家的那位客人站起来，打量起他周围的这些人。这些身在印度的人，他此前以为自己了解他们，但招待会之夜过后，他似乎不再了解他们了。此时，他也在倾听副领事的叫喊。

乔治 · 克劳恩听着贝多芬的音乐，只对音乐全神贯注。

声音四

同往常一样，招待会之后，有些人留下来。

停顿。

声音三（低声）

在她身边的……是他？麦克 · 理查逊？

声音四

是的。

声音三（迟疑）

有他的消息吗？

声音四（迟疑）

她死了以后，他就离开了印度。

静默。

声音四（继续）

站着的，是青年随员。

声音三

那个老英国人？

声音四

乔治·克劳恩。他在北京和她相识。

停顿。

声音三

看着他们的那个人？

声音四

他路过这里。是斯特雷特夫妇的客人。

静默。

声音三

是法国副领事在喊吗？

声音四

是的，还在喊。

静默。

声音四

他一九三八年没了踪迹。(停顿)他从领事部门辞职。档案材料到辞职为止。

停顿。

声音三(迟疑)

那件事过后不久……

声音四

几天的时间。

静默。喊声。

声音三

他喊的是什么?

声音四

她的名字。

停顿。

声音三（缓慢）

安娜·玛丽亚·瓜尔迪。

声音四

是的。整整一夜，在加尔各答，他都在喊叫这个名字。

静默。

女人的声音（第一幕里的那两个声音）又出现了。谈论的也是副领事。

声音二（精疲力竭）

他沿着恒河走。
他跌倒在熟睡的麻风病人身上。
在恒河对岸也有人在喊。

停顿。

声音一

是的。

静默。

声音二

您看见他了?

声音一（淡漠）

是的。我在看他。
我看见他了。

静默。

声音二（缓慢）

他在寻找什么？……还是漫无目的？……就这样一直走下去?

没有回答。

声音二

他寻找一件属于自己的东西，让他丢失了?

没有回答。

声音二

还是一件属于大家的东西，让他丢失了？

没有回答。

声音二

她的爱？

声音一

爱。是的。

静默。

声音二（充满哀怨、欲念）

您离我太远了……太远了……

没有回答。

静默。

一个仆人走过，手里端着托盘，上面堆着杯子、烟灰缸等等。他在那些人中间走过，就好像没看见他们一样。

天上有火光，是焚尸炉在燃烧。

声音一

天亮了。

静默。

声音一（非常缓慢）

天在这边亮了，在我们这边。

还有那边。

空气里有泥沙的气息。麻风病的气息。火的气息。

声音二

没有一丝风。

声音一

没有。那些气息运行得非常慢，移动得非常慢。

静默。

声音二

谁在演奏？

声音一

没有人。

静默。

男人的声音与女人的声音混杂在一起。

声音三

火光。

声音四

天亮了。
加尔各答的第一道围墙是麻风病人和野狗。
他们在恒河岸，树荫下。没有力气。没有痛感。

声音三

那些饥民呢?

声音四

在城北，人口稠密：
那是最后一道围墙。

停顿。

声音四

天亮了。出太阳了。

停顿。

声音三

这光线，太可怕了。

静默。

声音一

这光线。放逐之光。

声音二

她睡了？

声音一

谁？

声音二

那个白人女子。

声音一

没有，她在休息。

静默。

声音二（抱怨）

您看上去漫不经心，完全心不在焉。

没有回答。

静默。

麦克·理查逊缓缓地朝安娜-玛丽·斯特雷特转过头去。他看着她。

声音三（恐慌）

我们周围突然有了声音……您听到了吗？

声音四（停顿）

没有……

声音三

非常年轻的……女人的声音？

声音四（停顿）

我什么也没听到。（停顿）一片沉寂。

静默。

声音四

他在看她。

声音三

是的。
她漫不经心，完全心不在焉。

静默。

声音四（完整一句话）

有人说，终有一天会有人发现他们双双死在加尔各答的一家妓院里，季风期他们常去的一家妓院。

静默。

声音三

没有一丝风。烈焰腾空，一片赤红。上面，烟雾蒙蒙。

声音四

那是些工厂。是这座城市中间那道围墙。

静默。

安娜-玛丽·斯特雷特非常缓慢地向麦克·理查逊转过脸去。他们四目相对。

声音三

这片陆地，悬在空中？

声音四

是季风。
在它下边，是孟加拉湾。

声音三

更远处……天空下面……更低的地方？看……

没有回答。

声音三

在恒河的一个河湾上，那片白色的东西……

是什么？就在那边……

声音四（迟疑）

是英国公墓。

静默。

那位陌生人和青年随员开始注视起安娜-玛丽·斯特雷特。

声音一

她是麻风病患者吗？

声音二

谁？

声音一

那个女乞丐。

声音二

她和麻风病人睡在一起，每天早晨……不……（停顿）她不是。

静默。

声音一

那个白人女子，她是麻风病患者吗？

声音二

十年前虚惊一场。她也不是。（停顿）听……

机器声、水声。

声音一

那是英国人居住区的洒水车。

静默。

男人们把注视安娜-玛丽·斯特雷特的目光收了回来。此刻转向地面看起来。

眼前的场景渐渐亮起来。

声音一

一辆汽车在笔直的公路上飞驰。
在恒河边上。

声音二

黑色的吗？

声音一

是的。

声音二

他们出发到岛上去了。

静默。

焚尸炉的火光熄灭了。黎明到来。天色暗淡。

那几个人一直待在原地，保持着死人般的姿势。与此同时，男人们的声音响起，描绘出他们的旅行。

声音四

法国大使馆的黑色蓝旗亚，已经向三角洲驶去了。

长时间的静默。

声音三（似乎刚刚知道）

三角洲，北印度的粮仓……

海水与河水的交汇处。

声音四

是这样……淡水、咸水相混的地方。

声音三

洪水之后，创世之前……

停顿。

声音三

那些帆船？

声音四

稻米。
帆船顺流而下，驶向乌木海岸。

停顿。

声音三

田埂斜坡上，那些黑点……

声音四

是人。

这里是地球上人口密度最高的所在。

静默。

声音三

那些黑色镜子，一片片的？

声音四

印度稻田。

静默。

声音四

他们在睡。
她靠在他身上。

静默。

声音三

季风时节，她醒得晚吗？

声音四

是的。天黑时才出门。

静默。

声音三

黑色蓝旗亚停下来了。

声音四

下雨了。路不通。

他们在一个矮棚下避雨。（语似诵读）就在那里，青年随员说：“出发前，我又看见了副领事。他还在街上喊叫。他问我是不是到岛上去。我说不去，我要跟大使到尼泊尔去。”

停顿。

声音三

她同意青年随员这样说谎吗？

声音四

关于那个拉合尔男人，她几乎从来都不置一词。

静默。

声音三

这一片绿色东西？……还在扩大……

声音四

是海洋。

静默。

黑暗

声音在黑暗中说着话。

声音四

岛。

声音三

哪一座?

声音四

最大的那座，中心岛。他们到了。

静默。

声音三

那幢白色大楼?

声音四

那是威尔士亲王大酒店。国际豪华酒店。
海浪很大。刚下了场暴风雨。

黑暗终结

四

场景同前。现在变成威尔士亲王大酒店的一间客厅。

他们没在那里。

一道明亮的、绿色的光线替代了季风转换期的光线。

两个戴白手套的仆人正在安有护栏的窗前挂着绿色窗幔。

眼前的花园让人无法辨认。在强烈的绿色光线映照下，它闪闪发光：这是威尔士亲王大酒店的花园。只有几处花坛，存留着加尔各答使馆花园的痕迹。

海涛声渐起，声音越来越强，侵占了整个空间。随后固定下来。

海风吹进，窗幔阵阵作响。

远处，传来游艇的汽笛声。

近处，鸟儿们叽喳乱叫。

吊扇还在那里，仍然以噩梦般的速度在旋转。

远处传来舞厅的音乐，一支乐队正在演奏《印度之歌》。

各种声响接踵而来，可依下列顺序出现：

1）风声。

2）海涛声。

3）汽笛声。

4）鸟叫声。

5）舞曲声。

在两个仆人挂起窗幔、为威尔士亲王大酒店布置背景时，声音三和声音四说起话来。

声音四一如既往。

声音三则随着故事接近尾声而有所改变。它有时急迫，有时正相反，缓缓地提问。谈到安娜-玛丽·斯特雷特时，声音三变得低沉，并且在词语之间经常出现静默停顿。

声音四

前边，是靠岸码头。那些客轮是走南太平洋航线的。

后边，有一个游乐港。

静默。

声音三

棕榈林后面，依然是一望无际的地平线。

声音四

这些岛是冲积岛，来自恒河的泥沙。

静默。

声音三

法国使馆的别墅在哪里?

声音四

在酒店的另一侧，朝向大海。

那两个仆人走开了。他们为威尔士亲王大酒店“布置完”背景。他们走后，远处传来舞曲声。

在演奏《印度之歌》。

声音四

这个时辰，在威尔士亲王大酒店，每张桌子上都开始喝起来。

冷餐桌上，有法国的葡萄。橱窗里，摆放着香水。

玫瑰花每天都从尼泊尔运来。

声音三

酒店里都是什么人?

声音四

在印度的白人。

静默。

声音三（几乎喊叫着）

怎么突然有股怪味？

声音四

薰香。

此刻，演出厅应该散发出薰香味。

静默。

声音三

她一到达就要去海里游泳吗？

声音四

是的。但天色已晚，海浪很大，无法游泳戏水，只能洗一个温湿的海浪浴。

她和他一起洗的。

静默。

声音三（恐惧）

海里怎么到处都有护网？

声音四

那是三角洲的防鲨网。

声音三

啊，是这样……

静默。

声音三

她在哪儿？

声音四

马上就来。

静默。

声音四

她来了。

声音三（犹豫着，更低沉、更缓慢）

这天晚上她也和平常一样？

声音四（停顿）

面带微笑。
身穿白色长裙。

静默。

上面的两句话，关于安娜-玛丽·斯特雷特的微笑以及她的白色长裙，应该让人感到可怕。

绿色光线映照下，安娜-玛丽·斯特雷特出现。

确实，她面带微笑，身穿白色长裙。

她要去看大海，朝花园走去。那四个男人也出现了，他们身穿白衣，从酒店的不同方向走来。

他们都走向花园，向大海望去。

麦克·理查逊转过身来，目不转睛地看着安娜-玛丽·斯特雷特。

她却不再看他了。

远处，扩音器里传来说英语的声音。

说英语的声音

To-night， the last boat is at seven.[1]

声音四

这是在通知游客，说晚上七点就没有游艇了。海上可能要有风暴。

游艇的汽笛声响起。随后又静下来。

声音四

最后一班游艇刚到。是补充给养的。

静默。

酒店的一个领班来到这五个人面前，欠身致意。他们的餐桌准备好了。于是他们向舞台左侧走去。那种机场音乐一直隐隐传来。

声音四（停顿）

他们的餐桌准备好了。这里的饭菜味道上乘。

麦克·理查逊说过，一旦见识过威尔士亲

① 英语，今晚，最后一班游艇七点钟发船。

王大酒店，今后无论走到世界的哪个角落，都不禁怀恋。

静默。

声音三（低声）

我记不大清楚了……她不去法国使馆的别墅吗？

声音四

她只去那里睡觉。

她来岛上时，就在威尔士亲王大酒店用晚餐。（迟疑）

她要求把法国使馆别墅的仆人撤回加尔各答。

停顿。

恐惧。

声音三（低声）

有多久了？

声音四

好几个星期了。

剧烈的鸟叫，

几乎令人难以忍受。

声音三

这么多鸟……成千上万只。

声音四

被困在岛上。因为有风暴，无法飞回陆地。

声音三

好像它们就在酒店里……

声音四

它们在芒果树上。把芒果都啄光了。
天一亮，它们就飞走。

鸟叫声无处不在。

静默。

声音三

在大厅的另一头，有人在跳舞。

声音四

是锡兰的游客。

静默。

声音四

用晚餐时……她让人打开窗幔。她想从恒河口望过去，看看大海、天空。

他们说话很少，他们都太累了，因为前夜的事情。

静默。

声音三

她不吃东西。

声音四

很少吃。她看着外面。

声音三

我想起来了……有一道雾墙，向岛上移来……

声音四

是的。她说起威尼斯。（努力回忆）说起威尼斯，冬季……是的，是这样……

停顿。

声音三

威尼斯……

声音四

是的。也许，冬季的某些夜晚，在威尼斯，也会有这样的雾……

声音三

她说了一种颜色……（停顿）的名称……

声音四

紫色。三角洲雾的颜色……

静默。

在酒店的绿色落地窗后面，法国驻拉合尔的副领事出现了。他衣冠不整，精疲力竭，形容异样，依然穿着他那件白色晚礼服。他穿过威尔士亲王大酒店的花园，在寻找着什么。

消失。

但几乎同时又出现在此地（现在变成威尔士亲王大酒店的大厅），他径直前行，向左边看看，突然停下来。

他看见她了。

站在原地，看着她。

声音三

他是乘最后一班游艇过来的。

声音四

是的。七点钟那班。

停顿。

他白天没有回家。（停顿）他根本没回加尔各答。

静默。

《印度之歌》的乐曲猛烈响起，几秒钟之后渐渐减弱。

声音三

《印度之歌》……

声音四

是的。

静默。

声音四

雾升起来了，风停了。

静默。

一些游客在酒店绿色落地窗后面的花园里走过。依稀看见一些女人手里摇着白色的扇子，身穿浅色的衣裙。

声音四

他们在谈论那个女乞丐。

没有回答。

静默。

声音四

乔治·克劳恩和斯特雷特夫妇的那位客人在谈论那个女乞丐。

静默。

第一个演出方案：从较远的地方也能听到乔治·克劳恩与斯特

雷特夫妇的那位客人之间的交谈。

（轻声交谈，语气平常。）

乔治·克劳恩：她一句印度斯坦语都不会。

客人：一句都不会。她要是来自沙湾拿吉，一定是先后经过老挝、柬埔寨、暹罗、缅甸，在缅甸开始南下，大概是沿着伊洛瓦底江河谷……走过曼德勒，卑谬……勃生……

乔治·克劳恩：那就不会是人们想象中的一个路程的问题……而是成百上千的路程，日复一日，每次重新开始……被饥饿驱赶着，越来越远……沿着公路，铁路，还要搭船……可奇怪的是，她总是朝着落日的方向走……

客人：……她大概是傍晚时分动身，朝落日方向走……她头发秃了……因为饥饿，您说是吧？

乔治·克劳恩：是的。

停顿。

乔治·克劳恩：她有时候到岛上来。大概是追随着白人，为了充饥……在加尔各答，她住在恒河岸，树荫下。她晚上出来，穿行在英国人居住区。夜里，她好像去捉鱼，在恒河的河坑里。

停顿。

客人：到了加尔各答，她还剩下什么呢？所剩无几……那首《沙湾拿吉之歌》，那种笑声……当然，还有她的家乡话，一点未变，但在这里毫无用处。来到加尔各答的时候，就已经疯掉了……早就疯掉了……

停顿。

乔治·克劳恩：为什么是加尔各答？为什么她要在加尔各答停下来？

客人：也许是这里让她迷失了。她一直在寻求如何让自己迷失，可以说，自打出生就开始……

停顿。

乔治·克劳恩：她也这样啊……

客人：是的……

静默。

第二个演出方案：声音三和声音四转述乔治·克劳恩和斯特雷特夫妇的客人之间的对话。（声音四听到了他们的对话。）

声音四

他们看见她了。

她大概是坐在大巴士的车顶上穿过的三角洲。又藏身在最后一班游艇里来岛上的。

他们在潟湖岸边看到她，距离法国使馆别墅几百米远的地方。

停顿。

声音三

她大概是追随安娜-玛丽·斯特雷特而来……

声音四

那位客人说，她跟在他身后，一直跟到大门口。她让他很害怕。

他说："没完没了地笑，让人害怕。"

声音三

也是这样……

声音四

是的。（停顿）您记得吗？

她们第一次相遇……（略有停顿）是在沙湾拿吉，面对一个死去的孩子……

声音三

那孩子是被卖掉的，被他母亲卖掉的，孩子母亲是北方来的一个女乞丐……非常年轻？

声音四

是的。十七年了……（停顿）之后过几天，斯特雷特先生就来了。

静默。

突然，副领事向右边走去，旋即消失：他看见了他们。

他们出现了：

他们刚吃完晚餐，现在只有三个人：安娜-玛丽·斯特雷特、麦克·理查逊和青年随员。

他们穿过威尔士亲王大酒店的客厅，从正门向花园走去。

到花园之后，他们彼此分开。

安娜-玛丽·斯特雷特向花园深处走去，在右侧。

另外两个人一直穿过花园，消失了。

拉合尔的副领事开始跟踪安娜-玛丽·斯特雷特。

他突然停下来。

她也停下来。

她打量起四周：大海，棕榈。

她没有看见副领事。

声音四

饭后，她想走海滩那边（停顿）很快返回使馆别墅。

静默。

声音四

另外两个人到海上兜风去了……

静默。

声音四

青年随员和麦克·理查逊穿过棕榈林，从那里也可以去法国使馆别墅。

停顿。

声音四

天气炎热，和在加尔各答一样。

安娜-玛丽·斯特雷特缓缓走开。
她身后是副领事。他在跟着她。
他们消失了。

黑暗

黑暗中，远处响起贝多芬《迪亚贝利主题第十四变奏曲》。
黑暗散去。

五

场景同前。现在变成法国使馆别墅。

光线有了变化。似乎来自室外。朦胧的蓝光。

吊扇也在。还在旋转。

使馆的花园不见了。威尔士亲王大酒店的花园也不见了。这是一览无余的一处空间。有一条小径。小径尽头，有一道白色栅栏。

一片空寂，无边无际。只有声音，大海的声音。

一段时间过后，麦克·理查逊和青年随员从白色栅栏那边走进来。

与此同时，她也出现了(从使馆别墅的左侧进来)。

她赤着脚。披散着头发。穿着短款的黑色棉布浴衣。

她在小径上朝他们走去。

他们彼此走近。

在朦胧的光线下走到一起。

他们望着大海。

声音四

她似乎说起她有些担心乔治·克劳恩和那位客人。海上浪大。

远处传来汽艇声。他们一起(向海上)张望。

声音四

她放下心来。（停顿）乔治·克劳恩和那位客人回到了威尔士亲王大酒店，他们没有来别墅这边和他们会合。

静默。

他们缓步走回，走近别墅。

声音三（停顿，沮丧）

她这天晚上没说什么，会让人想到……（骤停）

声音四

什么也没说。

气氛紧张异常。但是，没有任何东西能中止那悄无声息的死亡的魅惑。

麦克·理查逊向那架钢琴走去。

而她，正离开大厅。

两个男人单独留在那里。他们互相看了看。

外面，稍远的地方，小径尽头，出现了法国驻拉合尔的副领事那白色的身影，他走过敞开的栅栏。

他们没有看见他。

此刻，她又回来了。

她端着酒杯和香槟酒，朝他们微笑。

她把香槟酒和酒杯放到矮桌上。往杯子里倒香槟。

送到他们面前。

他们喝起来。

她坐到一个沙发上。

安娜-玛丽·斯特雷特的脸上一直挂着不变的微笑。

外面，副领事在看着。

麦克·理查逊弹起了钢琴。

他弹奏着贝多芬《迪亚贝利主题第十四变奏曲》。

一片宁静。大家一动不动。

突然，宁静被打破：

青年随员走向安娜-玛丽·斯特雷特，拥抱她，滑到她脚下，双臂抱住她的大腿，姿态不变。

姿态不变，紧贴在她身上。

她任其所为。

抚摩着他的头发。

微笑，一直挂着微笑。一成不变。

他站起来。抱起她，抱住只穿着浴衣的她那赤裸的身体。她做出恳求的姿势。无济于事。

他们拥抱在一起。久久相拥。

麦克·理查逊看着他们。他一边弹钢琴，一边看着他们。面部表情没有任何变化。

外面，副领事的白色身影在贪婪地看着。

青年随员猛然放开安娜-玛丽·斯特雷特，弃她而去，步履蹒跚地走向钢琴，之后双臂倚靠着钢琴，双手抱头。贝多芬的音乐一直在响着：麦克·理查逊没有停止演奏。大家一动不动。只有音乐在演奏。

青年随员双臂倚靠着钢琴，姿态未变，表情绝望。

女人们的声音最后一次传来：

声音二（恐慌）

您在哪里？（等待，没有回答）

您离我太远了……我害怕……

声音一不再有回答。

静默。

安娜-玛丽·斯特雷特转身向外面看去，面朝大海。

看到拉合尔的副领事的时候，她的目光毫无惊讶之色。

他没有动，也无意躲藏。他看着她，目不转睛。

她又转过身来，朝向吊扇解开浴衣。

她裸露的身体，可以被所有人看到。

也被副领事看到了：这身体已经与她自己相分离。

在吊扇下面，姿态不变，一动不动。

静默。

声音三（低声，几乎自言自语）

这天晚上，麦克·理查逊丢下她一个人不管吗？

声音四（迟疑）

这一对恒河情人有过约定，一旦双方中任何一方认为有必要……他们彼此可自由行事。（稍停）

静默。

声音三（痛苦，惊骇）

他不知道，这不可能……

没有回答。

声音三

他又知道什么呢？

声音四

自从使馆别墅的仆人们被打发回去，麦克·理查逊就有了不祥的预感。

静默。

安娜-玛丽·斯特雷特躺在吊扇下面。

她闭上了眼睛。

麦克·理查逊和青年随员缓缓地离开了这里，就好像她命令他们离开，而他们只好留下她一个人在这里。

他们穿过这片（花园的）空地。看得见身影。

副领事在那里。他们从他身边走过时，他没有躲藏。

他们似乎没有看见他。

他们消失了。

使馆别墅里此时只有安娜-玛丽·斯特雷特和拉合尔的副领事。

静默。

她站起来，起步离开，缓缓地行走在那片空地上，向白色栅栏门走去。

她似乎什么都没看见。她没有看见拉合尔的副领事。

副领事也没有向她做出任何动作。

声音三（几乎听不见）

他是惟一看到……

声音四

他什么也没说。

声音三（几乎听不见）

也没有阻止一下？……

没有回答。

声音四

青年随员夜里又回到使馆别墅。他看见她了。

她躺在小径上，单臂倚着地面。

他说："她伸开手臂，脸靠在手臂上。副领事在离她十米远的地方坐着。他们没有说话。"

静默。

正在讲的事情，也是安娜-玛丽·斯特雷特此刻正在做的。她把脸靠在手臂上。姿态不变。副领事看着她，两人之间的距离固定不变。

声音四

她大概在那里待了很长时间，直到天亮——之后，大概顺着小径走开……（稍停）在海滩上发现她的浴衣。

静默。

吊扇停止旋转。

停止旋转的吊扇定格数秒钟。

黑暗

剧情介绍

此篇文字是配合《印度之歌》演出的惟一剧情简介。

这是一个爱情故事，发生在三十年代的印度，恒河岸一个人口密集的城市。这里讲述的，是这一爱情故事中两天所发生的事情。季节是夏日季风期。

四个隐身的声音（两个年轻女人的声音，两个男人的声音）讲述着这一故事。

这些声音并不是在和观众或读者说话。它们处在完全独立的状态。它们同彼此说话。不知道自己被人听到。

关于这段爱情故事，这些声音很久以前听到过，或者读到过。其中有些声音记得更清楚。不过，没有哪一个声音完全记得，同样，也没有哪一个完全遗忘。

在任何时刻，我们都无法知道谁是这些声音。不过，通过他们各自所独有的遗忘或记忆的方式，人们会在尚未知晓其身份的情况下，对他们有所了解。

这个故事是一个休止在激情之巅的爱情故事。在这个故事之外，还有另一个故事，一个可怕的故事，讲的是与季风期的恶臭潮湿相伴的饥荒和麻风病，这后一个故事休止在日常生活的绝境之中。

已经死去的那个女人（她葬在了加尔各答的英国公墓），安娜-玛丽·斯特雷特，法国驻印度大使的夫人，似乎就出生在这可怕的绝境之中。她置身其间，从容优雅，周边的一切都沉沦下去，堕入无尽的静默。那些声音试图重现的，正是这份优雅，从容大度且危险惑人，而对某些声音来说，那危险依然存在。

除了这个女人，在这同一座城市，还有一个男人，法国驻拉合尔的副领事，他在加尔各答落拓不堪。因愤怒和凶杀企图，他也陷入印度的可怕绝境之中。

法国大使馆要举办一场招待会，在招待会上，备受冷落的副领事喊出了他对安娜-玛丽·斯特雷特的爱。他面对着在旁观的全印度的白人，喊出了这份爱。

招待会过后，她乘车驶过三角洲笔直的公路，来到了恒河口的岛上。

纳塔丽·格朗热

户思社　译

片头字幕

伊莎贝尔·格朗热	露西娅·博斯
女友	让娜·莫罗
小学校长	吕斯·加西亚·维尔
推销员	热拉尔·德帕迪厄
父亲	迪奥尼斯·马斯科洛
纳塔丽·格朗热	瓦莱丽·马斯科洛
洛朗斯·格朗热	纳塔丽·布儒瓦
编剧/导演	玛格丽特·杜拉斯
摄影主任	吉兰·克洛凯
第一副摄影	布鲁诺·努登
第二副摄影	让-米歇尔·卡雷
第一副导演	伯努瓦·雅科
第二副导演	雷米·迪舍曼
录音师	保罗·莱内
副录音师	米歇尔·维奥内
	米歇尔·穆勒
女场记员	热纳维耶芙·迪富尔
摄影师	让·马斯科洛
总剪辑	尼科尔·卢布尚斯基
副剪辑	米歇尔·穆勒
灯光	达尼埃尔·阿尔莱

摄影置景	克里斯班
混合录音	保罗·贝尔托

《纳塔丽·格朗热》于一九七二年四月二日至十六日在伊夫林省的一个村庄里拍摄。

片头景色

花园的篱笆墙后面远远地站着一个小姑娘，她推着一辆玩具车。

花园的不同场景。

白色的平台。一辆滑板车，一只被丢弃在平台上的皮球。

池塘的四周用石头砌成。

传来一个女人的声音，在谈论一个小姑娘：

画外音

她最近几天编造了这样的谎言，什么她没有吃饭就来上学，你处在水深火热之中，等等，等等。

为什么？不为什么……就为丢了橡皮那件事……

总会有好学生和坏学生……这些我们都懂……但是从另一方面而言，一个小姑娘就如此狂暴……

从房间的另一侧看到的平台。一扇门开着。

一只小猫经过。黑色的。

钢琴曲伴随着片头字母与景色：车尔尼钢琴练习曲，一个孩子在弹奏。

片头完

透过玻璃门看到的依旧是那个白色大理石平台。花园。夏天的折叠椅。零零散散的玩具：滑板车，皮球。灰蒙蒙的天，多少有点儿雾。冬末时分。

收音机开始播放新闻，而镜头则在花园里停留了三十秒。

我们离开花园，随着镜头进入房间。透过房间的玻璃窗，可以看到花园里空空如也。房间里，收音机在继续播放最新消息，新闻本身成了电影瞬间的焦点。

收音机的声音①

他们作案三次，枪杀了四个人。“如果发现案犯，务必捉拿归案，如遇抵抗，坚决捕杀。”巴黎地区的所有警察今天早晨九点半都接到了追捕案犯的命令。这时，巴蒂斯德夫人正好骑着自行车在德勒森林附近转悠。据说，她发现了两个少年杀人犯，他们刚刚在古塔十字附近黑色雪铁龙 DS 汽车停靠的山坡上睡着。巴斯蒂德夫人的线索与其他证人所提供的线索正好吻合，警察大范围追捕两个杀人狂的行动开始了。已经快十二天了，两个杀人狂在伊夫林省制造了一片恐惧。“他们还是孩子，”巴斯蒂德夫人好像这样说，

“一个是金发，另一个是棕发，他们看上去疲惫不堪。”

要求两名少年投降的喊话此起彼伏。没有任何反应。十三点二十分，响起了一声冷枪。警察说：“最好在他们睡觉时抓获他们。”鉴于杀人犯的年龄，这一场与时间的赛跑特别令人痛苦。

沉默。

在播放新闻时，固定镜头慢慢地变成全景镜头。透过落地窗，好像有人用目光把花园搜寻了一遍。播放新闻时，有人在偷看花园。

伊夫林省的犯罪：电影的主题。

新闻已经结束。

沉默中，镜头还在继续拍摄全景。现在正好扫过院墙，发现了一扇打开的门，通往另一个房间，随后停在墙壁上。

然后，有一个人：一个男人的侧面。（父亲。）他完全被新闻吸引，一脸凝重。

镜头继续向前推，拍摄全景。我们看到一张桌子，一顿日常午饭后的杯盘狼藉。

镜头稍微上抬，拍到一个女人。（女友。）褐色的头发。正面。她在吸烟。她垂着双眼，看着饭桌，却什么也未曾看见。她也一样，完全被刚刚听到的事情吸引住了。

与此同时，我们发现了第二个女人，坐在第一个女人对面。背面。（母亲，她的名字叫：伊莎贝尔·格朗热。）她一头长发，非常

① 暗示一九七一年六月发生在巴黎地区的社会新闻。两名十六七岁的年轻人毫无理由地杀害了三个人，甚至不是因为偷盗。他们在南方的公路上被捕获，当时他们正准备去蓝色海岸“打靶”（原文如此）。——原注

光滑，黑极了。

沉默。

三个人被刚刚听到的新闻惊呆了。他们都不在刚刚用完午餐的饭桌上。看到这一情况，就觉得他们的缺席显得不太协调，几乎有些不正常。

镜头继续在房间里，绕着饭桌移动。离开三个成年人后，又发现了两个孩子：两个小女孩。坐在桌边。镜头停在孩子们身上①。其中一个女孩就是纳塔丽·格朗热。

她们正看着花园。刚才播放新闻时，就是她们的目光在花园里到处观望。

镜头在她们身上停下后，我们听到了大人们的谈话。节奏很慢。大家都不舒服。

房间如此寂静，父亲讲话时，两个孩子吓了一跳。她们盯住讲话的人。年纪大一点的女孩听得专心。另外那个，年龄小的女孩则心不在焉。

下面的所有谈话都是画外音。

父亲

他们的年纪一定很小。（停顿片刻）他们去打靶……（停顿片刻）枪走火了，是这样的……

女友（停顿片刻）

他们在枪杀了停车场老板后被发现了……

① 只有电影镜头的推动。——原注

（停顿片刻）就在德勒附近……

父亲

四十公里。（停顿片刻）森林位于波尔迪耶埃与圣安德烈之间。

沉默。

伊莎贝尔·格朗热（带着很重的意大利口音）

快点。

她在跟孩子们说话。一定是上学的时间到了。

孩子们顺从地站了起来。她们离开了饭桌，过道里传来她们的脚步声，随后开门，关门：她们走了。

镜头在她们离去的空椅子上停留了片刻。她们离开房间时没有一个人说话。

沉默再次降临。

父亲（悲痛、缓慢）

应该告知校方，纳塔丽要走啦。

女友

同样得告知达特肯寄宿学校，她星期一到。

伊莎贝尔·格朗热（停顿片刻）

钢琴的事我应该强调一下。（停顿片刻）过了年龄就太晚啦……

女友

是的……过了八岁就……

椅子上依旧空无一人。

父亲

没有一点希望让学校留下她？

女友

毫无希望。

沉默。

伊莎贝尔·格朗热

她不学音乐就完了……

沉默。

纳塔丽：电影的另外一个主题。

音　乐：电影的另外一个主题。

关闭大门时的房屋门口。透过一扇窗户，看到汽车从门前经过：花园那边的房屋正好临街。还是从那扇窗看见父亲离开家，上班去了。父亲的工作是什么，我们始终不得而知。

大路那边的小广场。村庄的街道。二战烈士纪念碑。

父亲走到汽车旁，上车，发动，他没有朝房子这边看。日常的离家上班。

他离开后，路上空空如也，别的汽车从路上经过，然后便什么都没有了。

我们不会再见到纳塔丽·格朗热的父亲。我们在饭后的片刻看见他，然后更清楚地看见他，但仅仅是看见他出走，离开电影（见第二四九页注释）。

丈夫、父亲刚刚离去，我们就看见了那两个女人：伊莎贝尔·格朗热和女友。我们是透过饭厅门上的玻璃看见她们的。她们站在那儿，正朝我们看。镜头在外边。女人被关在房子里。

在这所变成女人住所的房子里。

饭厅是全景，高且大，很别致。里边的家具不落俗套。混搭风格，没有什么绘画作品，白色的柳条椅子。房间中央，椅子胡乱放着，饭桌也没有收拾。伊莎贝尔·格朗热个头很高，穿着黑色的衣服。她站在距玻璃门很近的地方，手臂轻轻地扶着门。她的身后站着女友，靠在饭桌上。

她们看着静止不动的花园。里边，外边，都是灰蒙蒙的光线，不太和谐。

还是她们，在其他地方。她们突然出现在另外一个地方，一间办公室里，坐在纳塔丽所在学校的女校长面前。

女校长

她在家里表现怎么样?

她们回答时显现出纳塔丽的脸庞，我们认出了她：是两个女孩中年纪小的那一个。孩子在外边，一个人，她在看着什么，我们看不见她所看的东西。女人们的回答是画外音，轻轻的，很漠然。

伊莎贝尔·格朗热

很不幸。

女友

难以接近。

纳塔丽嚼着口香糖，紧锁着眉头，满脸的痛苦，很美。一副孤独孩子的模样，一望便知，真让人吃惊。

女校长

你们了解她吗?

女友

不。

伊莎贝尔·格朗热

不。

沉默。

女校长

纳塔丽她喜欢什么?

伊莎贝尔·格朗热

音乐……我想……

沉默。

在玻璃门后面，我们又看见了那些女人。她们在走动。她们鱼贯而行，离开花园，回到房间。整部电影中，我们始终听不到她们的脚步声。

她们返回后，我们接着从饭厅里拍摄她们(就在两个场景的衔接处)。

伊莎贝尔·格朗热坐在沙发上，上方有一面长方形的大镜子，镜子里映着花园。她拿起电话，请求邮局转拨电话。(一九七二年，拍摄地点还没有直拨电话。)

伊莎贝尔·格朗热

喂？……请接维埃纳省利尼翁市二十一号……

外国口音使她放慢语速。

沉默。

女友开始收拾餐桌。她手里拿着东西走出饭厅，准备拿到厨房去。

伊莎贝尔·格朗热

是有关我女儿钢琴课的事情……我已经打过电话了……

女友站在门口的玻璃橱柜前。她停下手中的活儿，不再往橱柜里放东西（糖罐、碟子等），她在听伊莎贝尔·格朗热的电话，或者更确切地说，在听她的沉默不语。

我们又从饭厅经过。伊莎贝尔·格朗热在听达特肯寄宿学校的回答。

回答声

我们再次和任课老师讨论了此事。然而非常遗憾，我们的原则是让孩子自由地选择我们所建议的课程……学不学钢琴，只能由纳塔丽本人自由选择……

沉默。伊莎贝尔·格朗热没有回答。

女友关上橱柜，然而却一动不动地在那儿停留了片刻，强忍着满脸的失望：孩子不会在达特肯寄宿学校学习钢琴，她会拒绝的。

伊莎贝尔·格朗热也一动不动地站在那儿，任凭话筒滑落在沙发上。达特肯寄宿学校的声音还在继续：

声音

喂……喂……我听不到……

（后边的话听不见。）

她没有拣起话筒。

电话挂断了。

没有收拾完的桌子占据着整个画面。周围尽是拉开的椅子靠背。

女友又开始收拾饭桌。但是我们看不见她，只看见她身体的一部分晃来晃去。我们看见她那双灵巧、敏捷的手来回舞动，把饭桌上的东西拿起，放在一块，拾掇好。显而易见，她的双手非常灵巧。

伊莎贝尔·格朗热也走到桌边。画面里的她并不比女友清楚。她的双手好像很麻木，慢慢腾腾，犹豫不决，拿起，又放下，然后又犹豫片刻，最后也开始收拾起桌子来，但是直到最后，两个女人的动作都有区别。（接下来的其他动作、走路等都不太一样，整部电影中都会是这样。）

那只猫。在桌子底下的白色椅子上。两个女人从它旁边走过。它醒来了，伸了伸懒腰。它肥胖的身体浑圆，墨黑的毛，滑溜溜的。它一打哈欠，才清晰地露出了嘴巴，然后又闭上了。猫在看我们。从反射的光线中，我们清楚地看见它眼睛里的东西，矿物般的，中性的——野兽般中性。猫眼中射着凶光。德勒森林里的少年凶手也露出凶光。还有这孩子，纳塔丽·格朗热。

镜头又回到饭桌上（仅仅照着桌子）。画面固定。女人们在收拾饭桌。我们听见她们的双手在劳作，看见她们的双手拿起东西，走出镜头，又回来，再拿，（向厨房）走去，然后再回来。饭桌上的东西一点点收拾完毕。听到的是日常生活那种真实的声音，既合乎逻辑又合乎情理。女人们干这种活儿的情景对我们而言并不重要。时间过去了，活儿也干了。像其他女人一样，这两个女人被指派干这种活儿。

女友说了一句话。

女友

我家离利尼翁很近，我可以去看纳塔丽，星期六可以接她回家。

没有回答。

（这是惟一一句有关女友个人情况的话，我们因此得知她不在这座房子里居住，她居住在维埃纳，在外省。）

现在，饭桌上的东西已经收拾完毕，桌子已经擦过。

我们听见女人们又在厨房里忙起来了，此时镜头依然停留在饭桌上。

女人们正在洗碗。女友站在洗碗槽前，她洗，伊莎贝尔擦。全景镜头。地上，那只猫在吃东西。

干活的四分钟时间里，她们说了两句话：

女友

为了玛丽亚，我们应该给市政府打个电话，可别忘了。

伊莎贝尔·格朗热

对……是这样……

女友洗完餐具，就来帮助伊莎贝尔擦干，放好。

餐具还没有完全放好，镜头就中断了。

这里是一组没有拍摄的镜头的全部。这组镜头是剧本初稿的一部分，当时镜头里只有伊莎贝尔·格朗热一个人。我们之所以在此保留了这组镜头，是因为它正好说明女人住所中的寂静，是为了说明沉浸其中的女人们的麻木不仁。这组镜头之所以没有拍摄，是因为小鸟没有像原来设想的那样落在饭桌上，并不是因为现在房屋里有两个女人而不是一个女人。这组镜头应该在丈夫离开后，两个女人站在玻璃门后面时就立刻拍摄。需要指出的是，小鸟后来是来了，却是在拍摄另一组没有设想有小鸟的镜头时来的：出乎意料，小鸟比我们希望的离得更近。但是已经太晚了。

没有拍摄的镜头

伊莎贝尔在饭厅的落地窗旁边。她斜靠在那里，右肩轻轻地靠着门，右臂沿门垂下，右手放在玻璃上。

她面前是静止不动的花园。没有风。

女人的手放在打开的玻璃门上。

我们向她靠近，看见了她。她垂着眼睛，什么也不看。她既不欢快，也不忧愁。

声音被切断了。

我们看见一间很大的起居室，里边的沙发围在一起放在电视机前面，电视机关着。空无一人。

我们看见了孩子们的房间，很乱，好像整个房间在一种停下来的活动中静止不动了。到处都是玩具、书籍。空空荡荡的地方。

我们看见一个房间，里边放着一架钢琴，凳子放在一旁，乐谱架上放着打开的乐谱。房间里空无一人。

我们看见一个大房间，里面摆放着一张整洁的写字台，一张双人床。镜头在这个房间里停留的时间要稍微长一点。在这种一成不变毫无生气的地方，我们便应该猜测到某种存在：有一只猫嵌进那些东西里。它一动也不动地看着无法进入的花园。

声音依然被切断着……

镜头又回到那个靠着落地窗的女人身上，她面对花园，但并不注视花园。我们刚才在这户人家不同房间里所看到的一幕幕情景就是从她的目光中看到的。她看到了自我，她以及房间里的孤独。她就像那只猫一样被嵌进这个地方，被嵌进空荡之中。但是女人渴望这种重建的孤独。深深地渴望。

什么东西动了一下。仅仅动了一下：她的眼睛。女人抬起眼睛，开始观看近处的什么东西。突然，她的目光好像睡着了。她看着窗上的玻璃，玻璃上有气泡。窗外是花园。

女人看着透明的玻璃和明亮的花园。声音依然被切断。此时此刻，只看见女人的目光，只有目光，她在注视。她所听到的并不是外边的东西：是她在双重透明之中所听到的某种发出声音的东西？她的右手依然停留在玻璃上，一动不动。

一排明亮的墙。是长长的过道，弯弯曲曲，里边的房间对着过道。过道窄的地方很明亮，快到房间时则宽敞起来，房间里阳光明媚，一片盎然。

那只猫走了过去。

它慢慢地从过道里经过，顺着过道悄悄地往前走。它的身体异常柔软，在过道里穿行时悄然无声，变幻无常，一会儿暗，一会儿亮。

消逝在过道里。

声音又响起了，很轻。只有小鸟叽叽喳喳的尖叫声打破了这里的寂静。

那只猫肯定已经过去了。它已经消失在过道的尽头。

在这空荡荡的过道里，突然传来了叽叽喳喳的鸟叫声。

那个女人。

她依然保持着刚才的姿势。目光改变了方向，她不再看窗上的玻璃，也不看花园。她在看什么呢？

一只鸟落在了花园的桌子上，距房屋、女人很近。它被住所的宁静和死寂所迷惑，以为自己置身别处。女人观察的正是那只鸟。

我们透过玻璃看到了这一切：侧身而立观看小鸟的女人，被人偷看的小鸟。那只鸟以为自己置身别处，在那里叽叽喳喳地叫个不停，非常无知地忽视了房屋与女人的存在。

女人的手依旧放在玻璃门上，静止不动。

镜头又回到女人身上。

回到鸟儿身上。

向那只手移去：固定不动，依然如故。

一切都已凝固：鸟儿继续（以为自己置身别处），（那只手）继续静止不动。

然后这一切一下子便不复存在：手动了，刚动了一下，沿着玻璃移动了。

一切都发生逆转：鸟儿飞走了。

一切都回到表层。

女人看着鸟儿在花园里飞逃。

她的头动了动。然后，她的整个身子都动了，转了过来。

房间里，出现了那只穿过镜头的猫，好像它在继续走动：它已经穿过了房间，向门口走去。

没有拍摄的镜头到此结束。

（回到拍摄的电影。）

那只猫依然迈着不紧不慢、一成不变的步子从房间穿过。时间在流逝，餐具已经擦洗完毕，这样的空间在面前打开：冬日的午后。

从厨房的窗户看到的花园：女友在树丛间漫步。她披着一件旧羊毛外套。没有太阳，女友在花园里散步，慢慢地消失在树后边。镜头在她消失的地方停留了片刻。

伊莎贝尔·格朗热站在厨房里，靠着橱柜。她看着花园里的女友。正因为她看见了女友，我们现在才知道房间里只有她一个人。

她开始环顾左右，房子在她面前展现，很大，门关着。探索而又专注的目光。

她开始环顾身边的厨房。

我们看见了她所注视的东西，快速展现出她注视的一切。房门关着，书架摆放得很整齐。那里放着闹钟，只有在她注视时，我们才听得到闹钟声。餐桌干干净净，上面的东西已经收拾完毕、摆放整齐，女人们眼下无活儿可干，她们已经干完了该干的活儿。她们的眼前，是充裕的空闲时间。

依然是伊莎贝尔·格朗热。她看着远处，目光越过墙壁：

一张堆满玩具的桌子，布娃娃、图画、画夹，等等。上边是用纸板粘贴成的房子，摇摇晃晃，里边放着一架坏了的钢琴。所有这些堆在一起的东西都是纳塔丽的。禁止入内的牌子上写着“纳塔丽的东西，请勿乱动”，上边的字出自孩子的手。

伴随着这一场面，电影的音乐开始奏响。一架旧钢琴上弹奏出来的琴音就像十几句刺耳的叫声，是一只手演奏的，时而是孩子的手，时而是大人的手。这一学校的音乐，同时也是车尔尼练习曲，具有双重用途：不但是整部电影的伴奏音乐，而且也是纳塔丽钢琴课后弹奏的乐曲。

饭厅里。桌子上放着没有声音的收音机。伊莎贝尔·格朗热从那里走过。也就是说，她走出了厨房，不再一动不动地待在那里。她穿过饭厅，不见了。

我们又在过道里看到了她。她缓步向我们走来。房子这边的阴影已经遮住了过道。

她停住脚步，透过一扇窗户看了看，又走了，然后又在我们看到的一间房（摄像机就在里面）门前停下脚步。房间里有取火炉，很矮的柳条椅——起居室。她环视着。她和猫一样从阴影中走向有光线的地方。她又像放风的女囚开始走动，环视着这座房子，她的穴居室。我们听到大街上有人经过。

她从我们身边走过，不见了。

外边。女友。从广角全景镜头看，她凭倚在池塘边的矮墙上（我们在池塘对面）。她在一棵柳树旁，看着池塘，那儿有风。柳枝随风飘动，她的头发也随风舞动。她的身后是房屋，一堵高墙占据了镜头的上半部分，一株爬墙玫瑰遮住了墙。墙角有一扇很矮的门，关闭着。里边的伊莎贝尔刚才正是从这扇门旁经过。在这四周封闭的环境中：房屋和花园，两个女人既不在一起，又在一起。她们的动作时而互相交叉，时而互不相干。她们担忧着同一件事：纳塔丽那孩子会怎么样？然而，即使我们不知道，也能猜出她们中谁是孩子的母亲：就是下午那个无所事事，心神不宁的人。（在被动状态中，结局正在完成。）

那只猫，慢慢地穿过过道。就是伊莎贝尔·格朗热不久前走过的过道。猫要到什么地方去。黑色的猫，映在白墙上。

女友。我们从她刚才所在的池塘边看到了她。她从花园来，手里拿着桨，走下（挨着池塘矮墙修筑的）台阶，把桨扔在台阶下的小船里。声音在池塘的围墙里回荡。她看着水。又走了。

在饭厅的沙发上——上方的镜子映着花园——伊莎贝尔·格朗热好像在休息。她半躺在那里，为孩子担忧。她替孩子担心的顽念已经误入可怕的、虚假推论的歧途，陷入这样一种没有结论的循环之中："他们说，纳塔丽应该去达特肯寄宿学校，这样就可以治愈她身上的狂暴——伊夫林省的少年犯就是因此而犯罪的。到了达特肯寄宿学校，纳塔丽一旦有了选择的自由，她肯定不愿意弹钢琴。然而，我，纳塔丽的母亲，我知道只有音乐才能把她从狂暴中解救出来。纳塔丽将要去达特肯寄宿学校，她将终生与音乐无缘。人家说这样才能使她摆脱狂暴，然而，只有音乐才能使她克服狂暴。"等等。

有人从起居室对面的过道走来。伊莎贝尔·格朗热听见了，扭过头去：是女友。

她走了过来，紧挨伊莎贝尔·格朗热坐下。她就待在那儿，面对着花园。她们谁也不看谁，谁也不说话。她们半躺在那里，神情黯淡地看着眼前的花园。女人们的动作相互交叉，渐渐合二为一。过了片刻，女友开口了。

女友

有许多落枝……

伊莎贝尔·格朗热

是风……

女友

是的。（停顿片刻）我想生堆火。

没有回答。

又过了一段时间，她们依然半躺在那里，依然谁也不看谁。

然后，合二为一的身体又一次分开了：僵硬的身体开始活动，恢复了各自的独立运动。两个身体分开了，两个人也分开了：

女友一骨碌从沙发上坐起，拿起了电话。

女友

喂，请接凡尔赛警察局……外国移民处。

伊莎贝尔·格朗热随后也站了起来，朝女友走来的过道走去，这个过道正好通往孩子的卧室。

伊莎贝尔·格朗热走进纳塔丽的卧室，看着桌子上那一堆玩具（纸板房和里边的破钢琴）以及出自小孩之手，上面写明禁止乱动的牌子。她只看不动，尊重孩子的禁令。

房间里传来女友的声音。

女友

移民处吗？（停了很长时间）

伊莎贝尔·格朗热在听，但又没有听到有关玛丽亚的情况陈述，这中间出现了一次中断。

女友（画外音）

葡萄牙人，对……（沉默）对。

伊莎贝尔·格朗热拣起孩子的靴子，放在鞋架上，把那些乱七八糟的衣服拣起来放在一起。女友继续打电话：

女友（画外音）

……接待人员什么都没有跟她讲……他说一点事都没有……没有什么可怕的……仅仅是个形式而已，因此她便签了字……她签署了把自己驱逐出境的命令。

沉默。

为了听清女友的讲话，伊莎贝尔·格朗热不再收拾东西。

女友（画外音，下面的话）

……一点办法都没有？（停顿片刻）可是她不懂法语……既不会说……也读不懂……

沉默。

伊莎贝尔·格朗热面对我们。她在听。尽管她富有，可她不也是个软弱无力、没有能力的母亲，不也是某种葡萄牙人吗？于是她想到，她也不懂法语，别人告诉她应该怎么做，所以她就照他们说的做了，签署了与孩子离别的协议。

女友（画外音，下面的话）

一点办法都没有？（停顿片刻）一点都没有？（停顿片刻）谢谢……

沉默。

伊莎贝尔·格朗热离开纳塔丽的卧室，到套间里去了。

女友在饭厅里。她站在我们对面，离得很近。她刚刚打完电话，点燃了一支烟，她的手在不停地抖动。她深深地吸了一口烟，眼中闪着愤怒的火花。

伊莎贝尔·格朗热又回到了纳塔丽的卧室里，手里提着一只小黑箱：寄宿学校的箱子。她把箱子放在搁物架上，打开，开始在箱子里放置小孩衣服。

还是女友的声音，这一次是在同伊莎贝尔讲话。声音很平静，心中的怒火已经平息。

女友（画外音）

纳塔丽有时候想把大家都杀了。（停顿片刻）是她告诉洛朗斯的。

停顿片刻。

纳塔丽，她渴望成为孤儿。（停顿片刻）葡萄牙女人。（停顿片刻）她说我们陷入不幸……

没有回答。

沉默。

饭厅。女友打开面朝花园的落地窗。远处，鸟儿叽叽喳喳的叫声打破了房子里女人的宁静。女友的动作很慢，如同慢镜头。她关上门，房间突然间又恢复了宁静。

她消失在花园里。

伊莎贝尔·格朗热在纳塔丽的房间里听见女友出去了。她扣上箱子，走到花园门前，观看着。

女友在花园里拣树下的枯枝。

伊莎贝尔·格朗热离开花园的门，迎面走出了纳塔丽的房间。镜头对着她走后留下的空房间停留了片刻。就在此时，我们又听见了简短的新闻报道。

收音机声

警察局的增援部队刚刚加入了凡尔赛警察和宪兵的搜寻活动，他们从今天早晨起就封锁了从乌当到波尔迪耶埃的整个地区。警察就在现场……

伊莎贝尔·格朗热站在饭厅的餐桌旁，桌上放着收音机。她在听下边的新闻。

收音机声（接上）

和刚开始时同一性质的音乐突然奏响了，节奏强烈，欢快而又有讽刺意味的华尔兹。（此处的音乐表达了孩子们欢快的狂怒，他们无视一切，特别是警察。）

……“我们慢慢地接近了他们，”警察们这样宣称。尽管如此，为了捕获这两个隐藏在郊区的道尔顿式的法盲，我们采取了非常严格的谨慎措施。他们多次作案，好像作案目的并不是为了钱，而是仅仅出于狂怒，出于那种盲目的狂怒，奥斯汀大学生惠特曼就曾经这般狂暴。还有特别让人发指的一点就是伊夫林省的这两个疯子好像还未成年。据说，这两个少年犯就是克里斯蒂安·M和皮埃尔·G，他们已经离家出走一个月了。现在还没有告知他们的父母……

落地窗外，女友也走过来听简短的新闻广播。她手里拿着枯枝。新闻里提及孩子们的年龄时，她就走开了，不再往下听。

伊莎贝尔·格朗热一个人待在那里。

一望无际的麦田里，高压线从上面穿过。远处，在麦田的边缘，是一堆黑乎乎如大石块般的东西：那就是(伊莎贝尔·格朗热想象中的)德勒森林，少年杀人犯就隐藏其中。麦田与森林里轻雾缭绕，好像是烟雾。高大的电线杆与其余的东西相比清晰可见。

镜头很近，照着伊莎贝尔的上半身，她盯着德勒森林，始终不忧愁，也不欢快。心系森林。

她背对全景镜头，在另一个不太相同的房间里。她站在一张孩子的书桌前，是洛朗斯的书桌，非常整齐。她用双手拿起一叠书本，在作业本中间翻寻，没有找到要找的东西。她用双手打开抽屉，拿起另外一沓作业本，找到了两个小册子(被洛朗斯藏了起来)。

在透过窗户的日光中，伊莎贝尔·格朗热读着小册子。我们看到了她读的东西：是学生成绩册。我们看到了：

第一个成绩册上写着："洛朗斯·格朗热，九岁半。好学生。"

第二个成绩册从第一个底下滑落，这一次我们看到了：

"纳塔丽·格朗热，八岁。在课堂上无所事事。蛮横无礼，是个难缠的孩子。应该做出决定。女校长要求见孩子的父亲。"

伊莎贝尔·格朗热合上成绩册，但是她并没有把成绩册放回抽屉，而是拿在手里。

我们听到了纳塔丽学校女校长的画外音。

女校长(画外音)

这个小女孩身上的那种狂暴……

然后我们看到女校长坐在自己的办公桌后边，说完下边的话：

女校长

> 她在课堂上撕自己的作业本，到处都涂着黑点……那些笔头作业……（停顿）但是话又说回来……总会有好学生和坏学生……这些我们都懂……但是从另一方面而言……一个小姑娘就如此狂暴……（重复了两次片头所说的那句话）

画面最初不太清楚。一种浓浓的雾笼罩了整个画面。是德勒森林的画面？不是。一阵风吹散了浓雾，露出了火苗：是女友在花园里点燃的火。她置身烟雾中，在那儿看着火燃烧。

看完学生成绩册之后才发现了火。

房门口。伊莎贝尔·格朗热向我们走来。她从洛朗斯的房间出来，手里拿着学生成绩册，放在门里边的窗台上，她是那样心不在焉，我们会问她是否意识到自己在干什么。她看见了花园里的火，那堆火使她分心。她看着火堆。

伊莎贝尔·格朗热透过厨房门看到了树林间的火堆。

还是她，在看那堆火。她站在门口。在某种程度上，这儿就是这座房子的几何位置，十字中心，房子的其他部分由此分开：一边是餐厅，孩子们的房间；另一边是起居室和一些没有看到的房间。（我们永远不会走进房子的楼梯间。）门口也是各条过道的起点（通向里边）和房子的大门口（通向外边）。

伊莎贝尔·格朗热看着那堆火但没有到女友那里去。

突然传来一阵轻轻的响声，非常清脆。她吓了一跳，扭头朝起居室看去。

是那只猫。它在钢琴上跳动时，碰响了一个琴键。我们没有见过这个房间，在看到猫跳动时，才正好瞥见了。

还是伊莎贝尔·格朗热。她看着自己的四周。房子越来越不正常，它扰乱了房间的秩序，扰乱了这个封闭的空间、这里的宁静。她像个吃惊不已的观众，看着自己的住所。（好像要寻求产生这一切的根源，她已经给搞糊涂了。）她离开这里，朝起居室走去。

她走进了我们仅仅瞥了一眼的房间——音乐室。这个房间要比其他房间阴暗。里边有三角钢琴，盖子打开着。房间的墙上有一面非常大的镜子，占据了墙的很大一部分，我们从镜子里看见伊莎贝尔·格朗热迎面走进，但很快又从镜子里消失了。我们又看见她背对着我们，慢慢地、很自然地走向钢琴。乐谱架上放着打开的乐谱，她面对钢琴坐在凳子上。

她坐下了。

双手放在乐谱架上，然后一页一页地翻乐谱。她有时在某一页停下来。她的双手有点紧张，落在琴键上，准备演奏。这是一双训练有素的手，善于表现这黑白相间的琴键。问题就出在这里，这双手停留在钢琴上，时刻准备演奏，然而却始终没有开始。

然后，双手一沉，从琴键上滑落。

伊莎贝尔·格朗热今天无法弹奏钢琴。

女友的身体一起一伏，发出长长的叹息。然后，身体又平复，好像太疲惫了。

伊莎贝尔·格朗热站起来，走出房间，突然间加快步伐，逃跑般离开钢琴(纳塔丽将不能再弹钢琴)。

关于伊莎贝尔·格朗热，我们所能知道的就这么多——除了她已婚，有两个孩子，在伊夫林省有一座房子外，她还弹钢琴，她会弹钢琴。

她从平台走过，披着长长的黑披肩，停了下来。

透过饭厅的玻璃窗，我们看见了桌子上的收音机。我们听到了收音机的声音。(这一切是这样发生的，就好像收音机里这个来自外部世界的声音一直都在播放新闻，就好像房子外面的噪声、汽车声、行人声和犬吠始终没有停止过。我们仅仅能间断地察觉到外面的这一切，同样也只能时不时地听到收音机的声音。)

收音机声

> 厄尔峡谷升起的雾越来越浓，鉴于警察们从早晨七点钟起就一步一步地搜寻伊夫林省那两个疯子的最后藏身之地，他们此时已经非常疲惫，他们在德勒森林里的行动已经停止……(后边的话听不清楚)

伊莎贝尔·格朗热不听了，从花园的平台走过。

她那黑色的身影在树丛中时隐时现，她朝火堆走去。

一连串展示两个女人与火堆的镜头。她们把树枝扔了过去，往火里添柴。她们微笑着，欢快地弄着火堆，那些挥之不去的念头好像被遗忘了。她们蹲下身子暖手。好像除了女友有时说些有关火堆的话外，她们谁也不说话。女友用手指着火堆，可是，劈劈啪啪的燃烧声很响，我们听不见她在说什么。在拍摄我们与女人之间这组镜头时，火堆始终占据着画面。

池塘(依然是开始拍摄时所说的那种空白景象)。池塘好像起了烟雾，随后便黯淡下来，乌云和飞鸟从上边经过。借着火光，空荡的水面上映出房子。风儿吹过，房子从水面上消失了，随后又映在水面上。

两个女人仅仅盯着火堆。烟升腾起来，女友用枝杈翻弄着。火又熊熊地燃了起来。

长凳边，一只乌鸫在草丛中跳跳蹦蹦。拍摄时，镜头失去焦点，拍到坏镜头，乌鸫被抹掉了，看不见了。又出现了。树荫下，只有乌鸫，两个女人离得很远。镜头落在乌鸫身上时，又传来了收音机声。

收音机声

德勒森林的中央又响起两声枪响。这一切好像在提醒人们他们的存在，好像他们担心自己会被那些搜捕他们并将他们捉拿归案的人抛弃似的。对此还没有任何反应(后面的话听不清楚)。

女人们这一次没有听到来自外界的声音，她们因这堆火，因火堆燃烧时所发出的响声和那场面而与世隔绝。声音传到花园，可是除了观众，再没有一个人听到。

镜头移向远处：从远处树丛间看到的火堆——旁边没有看到两个女人。

火燃尽了，女人们不再添柴。她们看着火熄灭。两人站得很近，待在那儿。

远处，突然传来了断断续续的电话铃声。（一九七二年的外省，还是手摇电话机。）

女友去接电话。

伊莎贝尔·格朗热待在火堆边。

镜头又对着女友，她来到映着花园的镜子下面的沙发旁，拿起电话，对方是一个带着乡下口音的女人，原来打错电话了。

女友一开始并没有回答，像听收音机那样。令人奇怪的是，她并没有马上说明真相，告诉对方打错电话了，而是任对方说。

电话里的声音

喂？是玛蒂内夫人吗？（停顿）想问问给我们送燃料油的事。天已经不早了，油车还没见来，再说家里都冻成冰了……（没有人回答）喂？玛蒂内夫人吗？（停顿，然后低声道）我不明白，肯定是拨错号码了……喂？玛蒂内夫人吗？

女友一直听到最后，直到对方的声音开始慌乱，失去信心，她才回答：

女友

你拨错电话了，夫人。

电话声

噢，对不起……

女友放下电话，露出一丝不易察觉的微笑。

两个女人站在平台上。她们重新会合，一个人从房间出来（接完电话后），另一个从火堆旁来。会合后，伊莎贝尔·格朗热把一件白色羊毛衫披在女友肩上。她们向花园的大门走去，打开门，出去了。

空荡荡的花园里，正在熄灭的火还冒着烟。

纳塔丽学校女校长的办公室。两个女人就坐在校长对面。她们好像很冷淡，与女校长的关系不真实得让人吃惊。

伊莎贝尔·格朗热

我们将把她送到达特肯寄宿学校。

女校长

啊……太好啦，达特肯……太好啦……什么时候呢？

女友

我想下个礼拜吧。

女校长

女校长的语言非常简单，生硬。

太好啦…太好啦……这些学校在这些方面确实要比我们强……但是，尤其要让她继续弹钢琴，我认为这种小孩非常需要……

伊莎贝尔·格朗热

那不可能。

女校长

真遗憾……你们不觉得如果你们坚持的话……

女友

纳塔丽会拒绝的。

女校长

啊……真遗憾……

谈话时，突然传来课间休息的喧闹，爆发出刺耳的喊叫声。女校长站起身来，好像要赶两个女人走似的。她们依然坐在那里，好像没有听见课间休息的喧闹。

伊莎贝尔·格朗热和女友分别坐在厨房饭桌的两边。她们刚刚喝完一杯茶。课间休息的吵闹声——声音的交汇点——继续传进这个空间，以此说明刚刚拜访过女校长。吵闹声恰似喷射的源泉，与房子的沉默汇合，然而并不打破这里的沉默。

猫在窗子附近睡着了——我们在窗户下看见它就像看见它明亮、流线型的身躯沿着池塘走动一样。

她们俩相视而笑，然后不再对视，轻轻地微笑着：她们在笑自己的忧郁。微笑将她们的忧郁归入“所有人的不幸”的圈子中。她们的嘴巴抿紧了，微笑消失了。两个女人的心境非常复杂。只有女友说了一句话：

女友

我一会儿帮你整理行李。

我们又一次发现她们分开，火堆旁的消遣已经告一段落：午后的黄昏她们还有事情要做：整理纳塔丽去寄宿学校的行李。

女友过去了，背对着我们。她从光线暗淡的门口走出，向饭厅光线明亮的地方走去，然后又一次消失在光线暗淡的过道里。

那只猫。它慢慢穿过光线暗淡的过道。猫经过时，房间里好像空空荡荡。与猫的走动相同，两个女人的脚步也悄然无声。到处都是石头地面，房子铺砌着石板，平台上的砌石，房间里的砌石吸收了所有的杂音（不像木地板那么响）。

伊莎贝尔·格朗热穿过光线明亮的饭厅。

她又一次走进光线已经开始暗淡的过道。

她又一次来到饭厅，在里边转来转去，走到碗橱旁，打开抽屉，取出针线盒。她走到餐桌旁，坐下，把针线盒放到自己面前，打开，从里边拿出剪刀，一卷标记带。（印着小孩姓名的布带，每个寄宿学校都有这样的要求。）

她开始剪，把每一个标记都剪开。（方便以后缝起来。）

她把每一个标记都放在餐桌上看。

她手里拿着标记的特写镜头。上面用大写字母写着纳塔丽·格朗热的名字。白布黑字，好像是虚晃的电影名字。

又转成全景镜头。伊莎贝尔·格朗热放下标记、剪刀，放弃了。她站起身来，透过门上的玻璃朝花园看了看，向孩子们的卧室走去。

音乐室（放钢琴的房间）里，女友坐在扶手椅上。她缝补着，她会干这些活，她着手准备行李。收音机的声音“传到”她耳边，没有影响她缝补。

收音机声

一层厚厚的浓雾笼罩着德勒森林，林子里一片寂静。好像伊夫林省的少年犯终于顶不住疲劳，睡着了。

女人的住所里同样一片寂静。

伊莎贝尔·格朗热慢慢地熨着衣物。拍摄现在的场面与开始拍摄没有收拾的餐桌时一样，我们看不到熨衣的人，仅仅看见熨斗和拿着熨斗的手来回移动。现在熨的是餐巾，熨过后折成对半熨，然后折成四折再熨，然后整齐地放在熨衣板旁边。

然后又拿来一件小孩的罩衫。

机械地熨着。

然后，机械性的动作突然停下来了：她放下熨斗，待在那里不动了。

她的行为突然间受到质疑，同样非常清楚地表达了一种从未有过的含义。罩衫证明孩子的存在，孩子穿上罩衫比她本人更令人头疼。突然间产生的这个想法很具体，让人无法忍受。

女人的双手从熨衣板上拿起孩子的罩衫，抓住衣服的肩，直直地拿到与孩子一般的高度，就这样比划了一阵，然后就看不见了，又被拿走了。

伊莎贝尔·格朗热把罩衫放在自己脸上，眼睛里充满了对孩子的爱，十分可怕，同样也因为生养出这样的孩子而感到痛苦，痛苦的样子也很可怕。

远处的村庄里传来了犬吠声。

近处的大街上有脚步声：有人从那里经过，沿着房屋往前走，远去了。

女友在音乐室。

声音与镜头停留在伊莎贝尔·格朗热身上时相同，有人经过，远去了。房屋沿马路修建，两个女人在屋子的两头，因此她们听到相同的脚步声，只不过一先一后而已。

女友不再缝补，把活计放在膝盖上，头仰靠着扶手椅背，听着街上的脚步声，好像在倾听另一个女人伊莎贝尔·格朗热的痛苦。把这里所感受到的同一件事传过去，那边就接收到了。大街上的脚步声把房屋的两端连接起来。随着脚步声，女友好像捕捉到了整座房屋的呼吸，她就像溺水的女人在寻求氧气，睁大双眼倾听着。

脚步声消失了，既没有喊叫声，也没有任何其他事情发生。女人的居所里，一切如故，没有任何变化，一切即将来临。

伊莎贝尔·格朗热从孩子卧室的过道里走出。她提着寄宿学校的黑箱子，迎面朝我们走来。她把箱子放在桌子上，打开，然后待在那儿，等待着。

女友从过道另一头走来，背对镜头。她走过大门，手里拿着缝补的衣服，在大门的窗户那儿停留片刻，看见了放在窗台上的学生成绩册。她转身离去，进了饭厅。

两个女人又走在了一起，她们各自的走动重新交错在一起。

女友在饭厅里，面对面看着伊莎贝尔·格朗热（画面上看不到她）。女友面前放着打开的箱子。

伊莎贝尔·格朗热（画外音）

我无法做任何事。

女友

是的。

（其含义为：确实如此，你无法做任何事。）
女友朝桌子走去，上面放着去寄宿学校的箱子。

女友来到桌边，拿出孩子的衣物挑选。
伊莎贝尔·格朗热在她身后，朝玻璃门走去，转身去了花园。

女友

得把冬天的衣服和鞋放在袋子里。

伊莎贝尔·格朗热（停顿片刻）

那边冷吗？

女友

那里是山区，三月份还下雪。

沉默。

伊莎贝尔·格朗热不了解法国，她对孩子的流放地更是一无所知。

伊莎贝尔·格朗热

她不学音乐就完了。

没有回答。

电影的第一组镜头里，伊莎贝尔·格朗热就说过这样的话。挥之不去的念头使她说出了完全相同的话。

女友拿起一件孩子的衣服，坐在靠玻璃门放着的扶手椅上，旁边是沙发。

女友开始把标记往衣服上缝。

伊莎贝尔·格朗热慢慢地离开玻璃门，坐在女友身边的沙发上。

两个女人没有说一句话。

渐渐地，伊莎贝尔·格朗热本能地观看起女友缝标记的动作来了。她的目光终于随女友的手势而动，深深地被吸引，无法摆脱。

那个在电影的第一组镜头中预先出现的鸟，被女人间的默默无语所欺骗，落在离女友不到一米远的平台上。

惟一的动作：那只一成不变、很有规律的手的动作。（沉浸其中的女人们没有看见鸟。)

女友说了一句话，很清楚，下了定论。我们听见了：

女友

忘了纳塔丽吧。

（其含义为：你应该这样做：割断与暴力的联系，与孩子离别。她的暴力已经攻击到了她的母亲，忘记你是她的母亲。）

沉默。

标记缝上了，女友站起身来，从伊莎贝尔·格朗热面前走过，不见了。她到纳塔丽卧室找什么东西去了。

伊莎贝尔·格朗热一个人待在那里。她猛然间在沙发上翻了个身，双手捂住脸，把头埋进沙发的靠垫里，就这样十分绝望地待在那儿。

女友回来了，从她面前经过，一点都不吃惊。她拿着孩子的鞋子，放在箱子旁，坐回刚才那个地方。好像她对伊莎贝尔·格朗热视而不见，后者叫了起来，那是愤怒和绝望的叫喊：

伊莎贝尔·格朗热

Non Posso vedere mia figlia①……我不能告诉孩子……我必须躲着孩子。

---

① 意大利语，我不能见我的女儿。

女友（停顿片刻）

是的。

女友的回答温柔、镇静，叫人受不了。电影里，女友一刻也不会安慰，她们的关系中没有安慰一说。

伊莎贝尔·格朗热转过身，恢复了最初躺在沙发上的姿势。

女友不缝了，轻轻地转过头看着花园。伊莎贝尔·格朗热看着面前的虚空。一片寂静。

远处的大门旁，传来轻轻的响动，突然打破了这寂静。女友转身倾听，伊莎贝尔·格朗热也一样：大门那边有动静。大门开了，女人们没有关门，有人进来了。

女友起身观看。

伊莎贝尔·格朗热独自一人待在那里，迷惑、惧怕地朝大门口看。我们明白她很害怕，但这是一种普通意义上的惧怕：她惧怕所有的东西。

女友在饭厅门旁，我们看不见大门。她朝大门走去，我们能听见她说的话，却几乎听不见与她答话的那些人在说什么。

女友（画外音）

你们有事吗？

声音（画外音）

……对不起，门没有关……（后边几句话听不清楚）

女友

谢谢，可是我们不需要这些东西（又有好几句话没有听清楚）。

女友

我们对此没有兴趣，谢谢。

声音（画外音）

再见……

女友又回来坐在刚才那个地方。没有说谁进来了。什么也没有说。

这次拜访永远都不会说明，不知道谁来拜访，出于什么原因。将来类似的拜访才是最主要的。

时间在女人间流逝。

然后大门那边传来敲门声：有人在敲门。

没有人答应，没有人动。她们转过头朝大门那边看，她们既不应声，也不起身去看，好像她们瘫痪了似的，其表现就是她们不会运用自己的身体官能，她们漠然视之。

开门声。

有人进来了，又关上门，女人没有动。

有人在行走。

有人来了，女人在等待。

饭厅门口，走进一名男子。年纪轻轻的，留着一头长发。个子很高。他微笑着，手里拿着一件黑大衣，剪裁很差。他手里拿着公事包，看见两个女人后倒退了一步，重复起刚才来过的那些人所说的话。

男人

啊，对不起……门开着……

沉默。

这个年轻男人的目光和微笑中露出凶光。一切都有可能：是德勒森林里跑出的逃犯?

整个场面用反打镜头处理。（为了便于阅读，反打镜头这一段仅仅在必须观看时才会提到。）

那个脸色阴沉的男人走进门时，钢琴声响起，整个缠绕着人的琴音很低，越传越远，渐渐消失。

男人

我没有打扰你们吧?

女友（停顿片刻）

没有。（停顿片刻）请进。

男人

门开着……

沉默。

两个女人依然坐在那里，看着男人。她们异常专注，神情有点不正常。她们害怕，又无能为力，她们无法制止他，只好听之任之。

男人又往里走了走。我们现在才看清：他大约二十五岁，穿一套西装，领带，白衬衣。他操着上流社会那种假口音。

女友

您有什么事？

男人

没什么事……我从这里经过……

沉默。

女友

请坐。

男人

……谢谢……

沉默。

要说有什么喜剧场面的话，那就是面对女人的行为举止，男人目瞪口呆。真正让人奇怪的是男人面前的两个女人——正像我们所能料想到的那样——而不是那个自己闯进来的男人。

他来到一张椅子旁，没有坐，站在两个女人面前，不知所措（一般情况下是不给推销员让座的）。

男人

我介绍（停顿）维德达牌滚筒洗衣机……（停顿）到处都可以看见这种牌子……（停顿）[1]

---

① 《广场》里有推销员，《抵挡太平洋的堤坝》里有，甚至《直布罗陀水手》里也有。推销员，我是指那些处于社会底层、挨家挨户兜售商品的人，我感到他们的状况始终是整个社会中最糟糕的。兜售商品往往是他们最后一份工作，决定从事这种工作的人都是没有其他办法的人。然后这种工作最可怕的一面就是，那些从业人员不得不使用功用性的谎言，这往往是老板们惯用的东西。平常，售货人是老板而不是工人，工人至少有沉默的权利，推销员则没有。他不得不仿照老板，不得不堕落，与老板为伍——为了生存。他只好操着老板的语言，模仿他的仪表和自在的神态——就是为了一顿饭而爬四十层楼也在所不惜。——原注

沉默。

两个女人没有任何反应，好像没有听见他说的话。

他不说了。

他犹豫了，好像轮到他害怕了，他想逃走，然后又很别扭地坐了下来。

他坐在两个女人对面，感到很不自在。

开始他一言不发，话匣子切断了。

他们对视着。

然后，男人又一次打开话匣子。

男人

维德达滚筒洗衣机是一种全自动型号，请允许我这样介绍，超级全自动型号。体积小。（停顿）

沉默。

他们三人相聚在这里，如同一次拜访。

她们坐在他对面，看着他，没有回答。

此时，他有点犹豫不决，既有兜售机器的小贩的惧怕，又充满了好奇。

他又英雄般地重新背诵他的台词。

男人

〇〇八型洗衣机的横轴架在两根支柱上……新式机器，自动反向洗涤……这样机器的效率就提高了百分之五十，这很符合逻辑，仔细想一想……

沉默。

男人依然什么都没有听到。他害怕了。

男人

〇〇八型是迷你洗衣机：46，81，60。（停顿）全巴黎谁还能说出比这更好的洗衣机？（停顿）整个欧洲也没有体积这么小的。……（停顿）

沉默。

他的声音变了，语速加快了。
为了给自己壮胆，他几乎要喊起来。
两个女人的目光从他身上掠过。
他带着绝望继续往下说。

男人

维德达牌〇〇八型滚筒洗衣机……（停顿）两相双速发动机……（停顿）自动反向洗涤……（停

顿）……你们这个地区有二二〇型的吗？

没有回答。

……一一〇……嗨！二二〇！……嗨！换了住房！嗨！（停顿）……体积小……

沉默。

女友

您不是推销员。[1]

她十分让人信服、平静自信地说出这句话。

他吓了一跳。

恢复常态，试图搪塞过去，继续说。

男人

是的……〇〇八型……是的……是的……〇〇八型洗衣机有三种洗衣模式，而不是两种，与〇〇七型不同。〇〇七型只有两种……（停顿）

（其含义为：不，我是推销员。）

女友

您不是推销员。

① 这句话可以有两种理解，或者“推销员不指任何人，事实上并不存在”，或者“您装扮成推销员”。——原注

男人

我就是，夫人……我是……我有推销证……是的……我有证……

他打开公事包，开始在里边乱翻，找到一个证件给她们看。
推销证受到怀疑。

女友

不是。

男人

可是……证是警察局颁发的……

女友（打断他的话）

不，您不是推销员。

男人

可是，夫人……

他收起证件。
声音有点沉重起来，不再辩解。
他在公事包里翻了翻，找到了另外一个证件。

给她们看。

男人

是这个……

他又放弃了辩解。
这个证件又遭否定。

女友

不是。

伊莎贝尔·格朗热

不是。

男人（停顿片刻）

就是的……只不过……

女友

不是。

他收起第二张证件，不知如何是好，又在公事包里乱翻，拿出招徕生意的广告册：上边有维德达牌〇〇八型滚筒洗衣机的图片。

给她们看。

沉默。

女友

不是。

他收起图片，受到“不是”的感染，第一次下意识地重复道：

男人

不是。

沉默。

他们对视着，目光中没有惧怕。他也开始审视起眼前的两个女人来。他使劲地盯着她们，结果有好一阵工夫都忘记背自己的台词了。然后，他突然间又想起来了，开始背诵，台词被断断续续地割裂开来，和他本人一样，毁掉了。然而，他试图真诚地替自己辩解。

男人

我已经告诉过你们……〇〇八型洗衣机有三种模式……一种用于特殊用途洗衣，一种用于洗容易破损的衣服，一种用来洗普通衣物，这里的一个当然是预洗键……（停顿）脱水用刻度标出，再说，这也很正常……（停顿）

她们又不吱声了。

她们把目光从他身上移开，开始朝花园那边观看。

他顺着她们的目光看去，也开始观看花园。

花园：空空荡荡。没有风，始终笼罩着薄薄的轻雾。

她们收回目光。

伊莎贝尔·格朗热的目光与男人的目光相遇。（从两个人的目光中可以看出，一切都有可能发生：包括欲望。）

沉默。

他以为必须重新开始演讲。

男人

显而易见，试机不收钱，也不说明你们必须……（停顿）会有演示员把洗衣机给你们带来……给你们演示它的运转，然后给你们留下洗衣机，一个星期后再来。要是你们还不相信，他就拿走洗衣机……就算我们没有见过面，也没有认识过……（他又恢复了自我）不管怎么说……就这些……我是说：就这么简单……

她们始终一言不发。他好像在等她们重新开口，她们还是没有说一句话。因此，他又重新开口：

男人

你们有没有听说过维德达牌〇〇八型滚筒洗衣机?

没有任何回答。

男人

没有听说过?夫人,你们可真让我吃惊……我们现在到处看到的都是这东西……广告投入如此之大……噢,我忘记告诉你们了:〇〇八型已经在多种彩色广告册上出现……是的……我会让你们注意这一点的,这可是从来没有过的事情……它那900度高温烧制成的玻璃釉永不变形……(停顿)平常,这种机型是白色的……白色的,始终是白色的……为什么?你们能给我说说为什么吗?……

他几乎叫了起来,对让人家听他说话已经绝望了。

她们机械地摇了摇头,表示不知道,她们不知道为什么整个机身都是白色的。

受到鼓舞后,他继续说着。她们听着,回答着。受到鼓舞后他又提起话头。

男人

一种习惯！……而色彩呢……很悦目……（停顿）

沉默。

女友又一次开始说话，始终是那句话。

女友

您不是推销员。

男人

……可是夫人……我是……

伊莎贝尔·格朗热

不是。

男人

可是说到底，到底为什么？……噢，夫人……

他几乎要叫起来，这一次是发牢骚。

女友

不是。

沉默。

他接住话头。

男人

是的。

伊莎贝尔·格朗热

不是。

这一次轮到他说：不是。
带着哭腔。

男人

不是……不是……我不知道……不是……是的……是的……然而总得干……（停顿）

沉默。

（其含义为：总得干点事情。）
男人的眼睛里含着泪水。

沉默。

最后一次机械性的重复开始了。

沉默。

男人

我看得出，你们在犹豫……

没有回答。

男人

你们愿意试试吗？

没有回答。

他替两个女人回答。一副假装恼恨的样子。

男人

不愿意？……既然如此……我也不愿意浪费你们的时间……不愿意浪费我更多的时间……天色已经不早了，我在这个地区还要拜访不少客户……

没有回答。

他并没有像自己声称的那样起身离去，而是久久地待在那里，不知所措，脸上的微笑非常可怕。

男人

你们愿意的话……我过一个月再来……

他的眼泪似乎都要流出来了，好像羞愧万分，进退两难。他强忍着泪水，继续说道——话就像从牙缝里蹦出来似的。

女友

随您的便。

男人

好吧……可是我想请求你们……恕我大胆，在试用〇〇八型前暂时不要去买其他品牌……因为……确实……（停顿）你们能答应我吗？

（其含义为：因为我确实受不了啦。）
她们一定是同意了。镜头对着他。我们看不见她们。

男人

你们答应啦……啊……（停顿）还有一个很重要的细节……维德达牌滚筒洗衣机厂回收顾客的旧机器……价格非常……不菲……（停顿）你们肯定有一个……

男人

什么型号?

我们看见了她们。

她们在思索是什么机型，用目光相互询问，没有想起来是什么型号。

女友朝过道那边指了指(孩子的卧室那边)。

女友

洗衣机在那边……

男人犹豫了。他的眼睛里露出疑虑，然后他下定决心，朝着她们指的方向走去。

两个女人心不在焉地待在那里，他离开时，她们没有说话。

他回来了，慢慢地走来，待在她们面前，看着她们，过了很长时间才说话。

沉默。

他突然夸张、庄严地说道：

男人

你们知道你们的洗衣机是什么型号吗?(停顿片刻)

沉默。

他们相对无言，然后他说完下面的话：

男人

你们的洗衣机就是维德达牌〇〇八型滚筒洗衣机。（停顿片刻）就这么多。

沉默。

两个女人毫无反应，他没有生气。他“泄了气”，瘪了，站在她们面前如同站在自己生活的厄运面前。

她们没有道歉，他们三人对视着，好像在面对相同的厄运。

推销员称之为：没有运气。

男人

既不怪你们，也不怪我，我们毫无办法。

长长的沉默。

在记录这次失败的推销时，我们却清楚地感觉到，男人和女人们突然变得如此接近——男人来访时的这段时间里还未曾有过。

男人

不管怎么说，我得转完村子……

男人走出饭厅，慢腾腾地，身子僵硬，跟进来时一样。

男人

再见。

女人们没有回答，又变得心不在焉。她们看着他离去。这两个女人是一切的汇集地：她们占有了一切，吞吃了一切；花园的景色，男人的背景，火的景致，等等。那些东西一个个都坠落了，在寂静中聚集在一起。无底之井。

大街。男人来到大街上，手里拿着公事包。

女人们在窗户前，无所顾忌地看着他。她们果真看见他了吗？她们机械地目送他。

镜头对着回到外面的男人，播放新闻时的音乐又响起了（是镜头对着那些捉摸不透的孩子时的音乐）。

男人看见女人们站在窗前，他一边走一边看着她们。现在他们熟悉了，属同谋关系。

他向一户人家的大门走去，进了门，大街上空空荡荡。然后他又出来了，肯定被人家赶了出来。最初他什么都不看，随之想起来了：他向女人们看去，并招了招手。

女人们又朝他看了看，我们看见了她们模糊的脸庞。（总有一天会侵入，也许已经在年轻人不知不觉时侵入他身体的狂暴）音乐。

男人又出发了，往前走了几步，敲一户人家的门。没有人答应，又没有成功。她们始终站在窗前，仅仅在那里做个证人。

男人又折回来了，从屋子前经过，来到窗户下时，他一边走一边用手给女人们指着小卡车车身上维德达牌〇〇八型滚筒洗衣机的巨照，他没有停下脚步。然后，他便向村子走去。

他消失了。

烈士纪念碑广场上空无一人，只有停留在那儿的小卡车。

伊莎贝尔·格朗热迈着整齐、沉闷的脚步，漫步在过道里，无所事事。

女友穿过烈士纪念碑广场（她要去学校接那两个小姑娘）。

白色大理石平台。（下过雨，是阵雨，我们没有看见。湿漉漉的石头地面被遮在花园的树荫之中。上边是昏暗的天空，已经是黄昏了。）没有风。

伊莎贝尔·格朗热来到平台，转身，走向花园。在纳塔丽即将回来时离开屋子。

她经过后，镜头在空荡的平台上停留了片刻。

通向大门的过道。门开了，女友和两个小孩回来了。女友和洛朗斯离开大门，纳塔丽在那里，脱掉上衣，挂起来，放好书包。

纳塔丽朝着放在起居室的镜头走来。她走到门口，到处看了看，走了。她在找什么呢？我们不知道。

纳塔丽又到饭厅里找，消失在过道里。

又回来了。

她找到了要找的东西：那只猫。

她双臂前伸，把猫抱在怀里。那只猫任凭她抱着，看得出孩子很费劲。

她从玻璃门走出饭厅。

花园里。纳塔丽抱着猫从草坪上走过，不见了。

再出现时推着儿童车——布娃娃的推车，她把猫放在里边，小心翼翼地推着。

猫从推车里跳出来，逃跑了。

纳塔丽看着猫走了，犹豫着，放弃了，始终抓着小推车。

纳塔丽发现离自己几米远的草坪上，有另外一只猫，一只黑白相间的猫。

纳塔丽停了片刻，然后向第二只猫走去，手里始终抓着小推车，很隐蔽，很轻柔。

她走到猫跟前，蹲下身去抓它。无济于事，猫又逃跑了，纳塔丽目送它离去。

纳塔丽又推起她的车，去找第二只猫。

她找到了：猫，卧在花丛里。

纳塔丽放下推车，轻轻地向猫靠近。她蹲下身子往前爬，抓住了猫。

她抱住猫吻了吻，脸上露出了一丝不易察觉的微笑。

纳塔丽把第二只猫带到推车旁，放了进去。

继续往前走。

和第一只猫一样，第二只猫也从推车里跳了出去。

纳塔丽做了一个追赶的动作，停下来，犹豫着，又一次放弃了。推着车走了。

花园里。儿童小汽车。球。丢在平台边的玩具。

还是花园里，一个没有头发的布娃娃，双目圆睁，站立在一堆沙子上。也是被丢在那里。纳塔丽不在。

我们又从广角镜头中看到她，推着那辆儿童车走在花园的路上，她沿着篱笆墙往前走，小推车的轮子吱吱作响，就像有规律的抱怨声不时传来。

我们走近小推车，里边空无一物。

纳塔丽推着空车散步。

她转个弯，朝花园树下的阴凉处走去。

突然，纳塔丽使出全身力气把她的小推车摔向一块巨石，撒手不管。小推车被掀翻在地，轮子空转着。

整部电影中纳塔丽惟一一次“狂暴”：突然间莫名其妙地对着“东西”发火。

纳塔丽平静地迈着与刚才同样的步伐从画面上消失了。

她穿过平台。

她从平台走过后，那只猫从花园里靠在桌子上的折叠椅后边慢慢地走出来，朝着与纳塔丽相反的方向走去。

我们又从广角镜头中看到了纳塔丽，她消失在长长的过道里。她靠在墙上，看着花园。怒气未消的惟一标志就是脚不停地踢着地。

平台。又过了一段时间。

用广角拍出的房屋。厨房门开着，女友从开着的厨房门进进出出。饭厅的门关着。另一间我们没有看见过的房间也关着。阳光已经离开了平台，平台被阴影(明亮的阴影)遮住。太阳还没有落山，与屋顶持平，强烈的光线照亮了一棵小树的枝叶。

女友出现了，手里拿着点心，是孩子们的点心。

女友(叫道)

洛朗斯……纳塔丽……纳塔丽……

洛朗斯先到了，女友递给她一块点心，洛朗斯接过去。

纳塔丽也到了，女友递给她一块点心，纳塔丽没有伸手去接。女友回过神来——好像她早已忘记了：她走到桌边，把点心放在桌子上，走开了。这时，纳塔丽走到桌边拿起点心。

没有说一句话。

两个小女孩在平台上吃点心。

女友又一次走出厨房，穿过长长的平台。她要到什么地方去；她步伐坚定，也比刚才快。

洛朗斯抓住女友的手臂，和她一块儿走，一块儿从平台那儿消失了。女友搂抱着洛朗斯，没有看纳塔丽一眼。

纳塔丽一个人待在那里，不再吃点心，紧张地、久久地盯着那两个人消失的地方。

她们又回来了，女友拿着木耙(草耙)，洛朗斯一直跟着她。她们正好就从平台经过，就好像纳塔丽不在场。

纳塔丽转过身，用目光盯住她们，异常痛苦。

(就算被邀请和她们一块去，纳塔丽也可能会拒绝。)

女友到厨房里拿东西。

洛朗斯在厨房门前等女友。

女友拿着她的白羊毛外套出来了。

她们朝池塘那边走去。

纳塔丽久久地看着她们，一个人待在平台上，若有所失。

然后，慢慢地受到一股不可抑制的力量的驱使，她要去看她们在干什么。

池塘的水面昏暗，光线已经减弱，我们听见了桨声。水上尽是草——就像经常出现在死水水面上的草一样。

镜头顺着池塘的低墙往前推移，墙倒映在水里没有草的地方。有人在顺着池塘的低墙往前走；是母亲。披着黑色披肩慢慢往前走，她的影子映在草间，变幻无常，又恢复正常。非常缓慢。

郊区火车的汽笛声从很远的地方传来。

镜头随着母亲前移，直到看不见她——消失在池塘边的某个地方——那里的水草太茂盛，混杂在一起。

镜头停下了。

水波靠近了画面。

然后水波进入画面：木耙把池塘的水面耙干净。

下面的场景用三个连续镜头拍出：

池塘：女友和洛朗斯坐在小白舟里。女友摇桨，洛朗斯用木耙耙干净水面上的草。幸福的场面。她们不说话，她们一定习惯在一起做这种愉快的事情。池塘上空天色已变。（故意留下虚假的色彩。）

镜头后退了两米，始终面向池塘，但是在环绕它的矮墙后边。纳塔丽靠在墙边，背对镜头看着那场面。她一动不动，完全被吸引，看着她被排除在外的游戏。

镜头又后退了两米，发现纳塔丽的背后，同样背对我们的是母亲。她看着自己的孩子。

纳塔丽并不知晓有人在看她，她完全被自己眼前的景象吸引。母亲抓住这样的机会，做到既能够看到纳塔丽，又不被她发现。

这个场面一方面准确地描绘出纳塔丽与母亲的关系，同时也描绘出她和居住在这里的人的整体关系。纳塔丽被自己那种狂暴所孤立，好像大家都不知道她的存在，不去打扰她。纳塔丽封闭在狂暴之中，无法接近，同时又十分热切地等待着。

母亲站立在那里看孩子，与孩子站在那里看别人遥相呼应。她们两人都被孤立在同样性质的野蛮狂暴中：爱之狂暴，拒绝之狂暴。

相同的池塘。相同的环境。空空荡荡，一片昏暗。水中倒映着柳树，十分清晰。

伊莎贝尔·格朗热站在池塘的另一边，与刚才她看小孩时站的地方相对应，她始终披着黑色披肩，直挺挺地站在那里倾听。

钢琴的第一个音符从远处传来，非常低沉。开始上钢琴课了，一个孩子在什么地方弹一曲蹩脚的、感伤的音乐。

钢琴课，洛朗斯在弹奏。

就在伊莎贝尔·格朗热午后来过的房间里。

一走进房间，音乐便扑面而来。

洛朗斯旁边是钢琴老师，正在把一首曲子分成两段弹。

这是一首灵活、明快的儿童曲。

钢琴老师

一起来！

很好！

（其含义为：两只手一起来。）

弹到这段曲子的某个音符时，孩子停下来。她还无法弹奏曲子中有难度的地方，这首曲子没有成功。

老师

啊……重来……还不到火候。

孩子重新开始。

女友和纳塔丽在那里，坐在同一个沙发上。

跟刚才母亲盯着纳塔丽看一样，女友使劲地盯着她看。孩子被姐姐的钢琴课所吸引，任女友盯着。

她抱着双臂，脸上毫无表情，令人捉摸不透。

女友的目光既温柔又担忧。

洛朗斯重新开始，又一次在有难度的地方失败了。老师让她停了下来。

老师

重来……不要放慢！……一，二！

老师的声音严厉，让人厌烦，在数数。孩子又开始了。

孩子弹奏时，镜头用旋转的全景图扫过乐谱整个宽大的表面。乐谱胡乱放在一起，有些合上了，大部分打开着。标题、姓名都是德语，J.S.巴赫，舒伯特，莫扎特。音乐占据了整个画面，黑体字堆成一堆。

孩子这一次战胜了困难，老师还在数。尖细的儿童曲始终在乐谱上追逐流向大海的小溪（到达大海的惟一出路）。

镜头不再全景拍摄J.S.巴赫的《恰空舞曲》特别整齐的乐谱，这时在洛朗斯弹奏的儿童曲和第一次用C大调弹奏的车尔尼练习曲之间，音调有所变化。镜头对着全部乐谱，（我们看不见的）孩子的钢琴课继续进行。

镜头又对准了女友和纳塔丽，她们始终坐在沙发上。纳塔丽的右手平放在沙发上。孩子的表情有点凶狠，她十分不情愿地强迫自己待在那里。

女友的手往前移，非常温柔地、轻轻地抚摸着孩子的手，驯服着那只手。女友看着纳塔丽，后者开始并不看她，然后突然转过身盯着她看。绝对是“质问”的目光，简直让人受不了。孩子就这样待着，与女友的眼睛对视着。

女友抽回了她的手，纳塔丽放开自己的手。

车尔尼练习曲中断了，转向了小调。

外边，沿着饭厅的落地窗，母亲伊莎贝尔·格朗热慢慢地从那里经过；她始终穿着她那黑色的丧服，她也被搁置、被禁闭在对孩子的渴望之中，被剥夺了孩子。她朝着音乐室走去，沉重的钢琴练习曲一直传到她的耳朵。小调如同阳光。

夜幕降临了，侵入整个居所、花园，天色越来越暗。

纳塔丽的钢琴课：

老师站在纳塔丽身后，双手放在孩子的手上指导她。非常慢的练习曲，用来训练手指的灵巧度。简直是一种酷刑：孩子被夹在老师的双臂间，两只弱小的手也被牢牢抓住，像残废的手，被人指引着。老师在数：

老师

一，二！一，二！一拍两个音符！……

和刚才洛朗斯弹奏儿童曲时一样，车尔尼练习曲会被糅进去。但是这一次我们通过镜头可以看到纳塔丽弹奏练习曲是为了练习手指。从这一练习曲中，我们可以听到车尔尼的练习曲。

女友和洛朗斯在长沙发上。她们面向钢琴，眼巴巴地看着纳塔丽遭罪。两个人的双眼充满痛苦。爱。

女友突然转身朝窗户那边看去。

母亲。她在玻璃窗后，她来观看，她来看她的孩子。她抓住上课的机会来看孩子，又不愿意被孩子发现——就跟刚才在池塘边一样。她没有看见女友，她的眼里只有孩子。是关在集中营里的人那种渴望的目光。

池塘。从池塘可以看到房屋的全貌。修建得很好，保护得很好。这样看去，房屋显得很“温馨”，很保险。下起了蒙蒙细雨。夜幕降临了，所有的景色都掉进夜色的陷阱。有一个房间已经照亮，肯定是上钢琴课的房间。近处是池塘，水面是一堆堆水草的斑点，平静的水面一片漆黑。房子对着黑魆魆的池塘，与池塘连成一片。突然，房子显得那么远，好像我们还从来不曾进去过。

混合练习曲结束了，从很远的地方传来，刚好能听见。

结束了。

沉默。

巨石附近的草坪上，被纳塔丽摔翻的小推车还在那里。树下一片阴影。

钢琴的七个音符——纠缠人的琴音——传到了被摔坏的玩具那里，随之又恢复了寂静。

刚才母亲观看的窗边空无一人。空仰镜头照见了天空，此时天空依然明亮。

又弹起了那七个音符——上边带着调。

洛朗斯一个人在长沙发上，女友已经离开。

琴音断开了正在延续的音符。

纳塔丽坐在钢琴前。镜头非常近。

是纳塔丽在弹奏，她独自一人，老师已经离去。

我们久久地看着她，画面很清楚。她完全忘记了一切意外事件（完全忘记了电影）。她喜欢这样：弹奏。她完全沉浸在自己的弹奏中，那七个弹奏不好的音符就是纳塔丽。

平台。湿漉漉的。（另一组镜头里所希望的阵雨下在这里。）雨淋湿了那里的玩具。儿童小汽车，球，花园的白色桌子。一片树林紧邻平台。

纳塔丽弹奏的七个音符在诉说什么让人担忧的事情？

电影里的音乐就是纳塔丽弹奏的音乐。那七个音符已经把伊夫林省杀人犯的狂暴引进女人们的住所，然后又引来那个年轻的推销员即将发作的狂暴。现在这些音符又经纳塔丽之手弹奏出来，纳塔丽本人就成了所有狂暴的象征。我们的意思是：未来所有可能的狂暴、所有形式的狂暴的象征：纳塔丽，八岁。

平台上传来了收音机新闻简讯里的话。只有一句话。

收音机声

而我们认为夜间的搜寻已经结束，德勒森林的两个杀人狂已经被捕。

雾中的电线杆。远处是德勒森林，伊莎贝尔·格朗热眼中的孩子们的森林。

起居室，她在那里。半躺在转角沙发上，身旁是收音机。她刚刚收听完简讯，她的休息突然发生了“意外”；好像她被某种死神击中。

纳塔丽的音乐重新奏响。仅仅弹了一下，然后又弹了一下，中间间隔非常大。被摧毁的音乐与今天晚上流动在女人房间里的那种延续节奏十分吻合。

起居室的门对着花园，女友进来了，轻轻地关上了门，好像不愿打破屋内的寂静，以及有规律地驶入寂静之中的七个破碎音符。很奇怪，这座房子也变成了某种德勒森林。

女友进来了。

她整个躺在很低的柳条扶手椅上，身体僵硬，很不舒服。

伊莎贝尔·格朗热坐在里边的转角沙发上。她翻了一下身，也躺下了，身体也很僵硬。

女友

钢琴课结束了。

（纳塔丽临走前最后一节钢琴课。）

我们久久地看着两个女人。她们一动不动，哑口无言。

纳塔丽的音乐。

现在最后一次播放简讯。这次播放就像“剪纸”一样从整个新闻中取下。整体中取出的话语。

收音机声

……他们是谁？年龄大的从教化院逃出，年龄小的是一家八个孩子中的老大，母亲是酒鬼，有时也做鸡，刚刚去世(后面的话听不清楚)。

伊莎贝尔·格朗热关掉收音机[①]。

我们看到整个房间，漂亮，舒适。一切都好像凝固了，女人们定在那里，没有悲哀，也没有欢乐。两个女人中的一个好像正在分娩着某种东西，某种策动不和的东西，她们被动地观看着……

寂静中突然传来滑落声，非常轻。似乎有一块轻盈的石子刚刚落在空荡的房子中。然后一切又重归寂静。

伊莎贝尔·格朗热到来前，我们已经来到门口。她过来了，地面传来的正是我们刚刚听到的声音：原来是信件从信箱滑落的声音。

伊莎贝尔·格朗热弯下腰、捡起来，是一份报纸：《世界报》，还有一封信。

她撕掉封在《世界报》上的纸条，然后走到门旁的窗前(窗台上依然放着学生成绩册)。

《世界报》慢慢地在我们面前打开，放在那里，占据着整个镜头：黑白模糊的“严肃”报纸。

事情没有宣布就发生了——从那双手开始(我们看不见女人的脸)：伊莎贝尔·格朗热的双手非常坚决、非常缓慢地把《世界报》从上至下撕成两半。我们听见响亮的报纸撕裂声，令人陶醉和满足的声音。伊莎贝尔·格朗热的手没有停，还在继续撕报，她把

---

① (报纸上有关伊夫林省的犯罪的细节都是真的。)最后几个词“母亲是酒鬼，有时也做鸡”在现在这座住所里是被两个女人以崇敬的心情听到的，显而易见她们是资产阶级出身——很有可能有大众的道德观念。这些词使这个阶级的行为本身受到怀疑；纳塔丽出生在这样的家庭，受到这个阶层的教育。因此，她身上的狂暴无论用何种逻辑都无法分析。也许这些词使所有的狂暴和瞬间的空间互相汇聚、互相融合。而纳塔丽离那些少年杀人犯要比离这里的女人近许多。这种属于狂暴阶层的瞬间感情(与阶级的狂暴相反)游离于所有相同的阶层之外，任何分析都难起作用。——原注

撕报作为一种摆脱的方法。她把撕好的两片放在一起，然后又按左右顺序再撕一次，然后又把那四片报纸放在一起。撕完报纸，手又拿起信：是法国电力公司的电费单。没有停顿，接着就撕，双手撕掉信，还没有停下来。

现在是纳塔丽的学生成绩册，由于比较厚，撕的时候比较费力，双手使劲用力才撕开。学生成绩册也给撕掉了，撕完了。

两个女人又回到起居室。伊莎贝尔把那些纸片一个个都扔进壁炉，她看着一切烧成灰烬。她们还在刚才那个地方，但是站起身看着壁炉里的火。火光照亮了她们。伊莎贝尔·格朗热的表情坚毅、平静。女友仅仅看着火，好像还在躲着伊莎贝尔·格朗热。但是后者突然看了她一眼，伊莎贝尔·格朗热的目光在询问：我这到底是在干什么？女友朝她微笑。

火。在那一堆纸里，很清楚地分辨出纳塔丽的成绩册。她的名字燃着了，然后就不见了。

再回到前面的场景。伊莎贝尔·格朗热已经走了。我们从远处听见她在打电话。女友轻轻地把头转向声音那边。

伊莎贝尔·格朗热

喂，是达特肯学校的老师家吗？

停顿片刻。

我是伊莎贝尔·格朗热。（停顿片刻）我女儿星期一不去了。（停顿片刻）我改变主意啦。

沉默。

广角镜头照着女友的脸。她的眼睛里有一种眩晕，从女友的脸上就可以看出伊莎贝尔·格朗热刚才的所作所为的意义以及可能会产生的后果。我们看得出格朗热家的房屋已经像割断了缆绳的船，一阵混乱的风将要把它刮走。一个孩子将不再上学，这就足以把所有的一切带向未知的将来。

纸终于燃烧完了，什么都分辨不出。两个女人走出起居室。一段时间过去了。我们不知道女人们在哪里。

饭厅里也是空无一人，但是门口传来一阵声响，推门的声音，有人进来了。我们等待着。

是那个年轻的推销员。没有敲门。他来到起居室，把公事包放在桌子上，猫在上边睡觉。年轻人一进来就把猫弄醒了，人和猫对视了一眼，然后猫又睡着了（在整个拍摄过程中，猫就在那儿，半睡半醒）。

推销员又来到他受怀疑——（社会人的身份）被揭穿的地方。

伊莎贝尔·格朗热也从厨房门那边走来了，她微笑着。

他没有等她请就坐下了，她面对他坐在桌子另一边。她等待着。她看得非常真切：年轻人的脸因为失望都变了形。

伊莎贝尔·格朗热

您又回来了。

男人

是的，我又回来了。我以为您出去了。

伊莎贝尔·格朗热

没有，我在家。

他们几乎处在半明半暗中，男人的声音变得非常温柔。没有了街头艺人那种口吻，不再是那个自称为推销员的人了。我们不知道他是谁。

男人

我没做成一笔生意。

沉默。

男人

您不开灯？

伊莎贝尔·格朗热

用不着。

（甚至根本用不着。）

男人

那倒是。

沉默。

她看着他，他没有看她。他固定在那里，面向花园。

男人（断断续续，缓慢地）

我要放弃啦，这行不通……我不懂推销……

还有：别人一自我介绍，生意就做成了一半。我呢……我不会……我不喜欢这样……（停顿）我试过……我。（停顿）不，说到底……我不会……我不喜欢这样……我……我不会喜欢这种事……正是这样：我不喜欢……

伊莎贝尔·格朗热这一次专心地听他讲。

男人

我将重操旧业……去一家洗衣店当职员……我在那里待了七年……我是职业洗衣工……

沉默。

结果我不喜欢这工作……有一天……我受够了……那么长时间……老板整天在屁股后面……湿衣服，死沉死沉……（停顿）没有一点意思……我就试着干别的事情……介绍产品从某种意义上说更糟糕……就算有点……也得对人陪上笑脸……

他没有说完话，就向她转过身去。她朝他笑了笑，表示同意：是的，那更糟糕。他讲着讲着就开始看她。他的双手有点神经质地摆弄着公事包。

男人

然后我就到一家停车场工作……然后在一家不二价商店的装卸处……然后在一家印刷厂……说到底……您知道那是什么滋味……我想摆脱困境……因此就走进了一家房产公司……是的……(笑)我领人看房……

他突然嘲笑起自己的过去。

女友来到厨房门前，站在那里。当他谈到自己偷盗时，三个人都笑了。

男人

我偷了那个老板的钱……是的……是的……我才不在乎……我把一个顾客的支票拿走了……他们把我抓了回来……我很好地摆脱了困境……两年还清……是的……那简直是美妙的生活……总共持续了两周时间……那是第一次……(停顿)

沉默。

突然间，他脸上又闪过一丝失望，他对着花园，半天不说话。我们整个画面里看到的是他的侧面，看不到他是不是哭了。他面前的白色平台突然照得他睁不开双眼(刺得双眼流下了眼泪)。

男人

是平台反射过来的光?

伊莎贝尔·格朗热(停顿)

是的。

沉默。

特写镜头。她那严肃的神情动人心弦:她答非所问。

女友又走开了,只留下他们两个人。好像她刚才对他说:“是的,哭吧,你有权利哭泣,不要忍着了,如同‘他们’说的那样,这很自然,并不丢人。”他们不再说话,纳塔丽的音乐突然间占据了空间,更让人悲伤。男人第一次听到了音乐,他的声调很低。

男人

我们听见什么了?……钢琴?……

伊莎贝尔·格朗热

是的。

沉默。

男人

好像是孩子们？……

伊莎贝尔·格朗热

是的。

又是伊莎贝尔·格朗热的特写镜头，还是那副严肃的样子。

就好像她刚才对他说："是的，是那些孩子，和您一样置身于这个不宽容的社会中。"

长时间的沉默。

然后，远处传来女友和洛朗斯的声音。她们在低声谈话，几乎是耳语。

洛朗斯（画外音）

纳塔丽要去寄宿学校？

女友（画外音）

不去啦，她再也不去了……

洛朗斯（画外音）

那她将做什么？

女友（画外音）

不知道……也许会学习音乐……

就好像洛朗斯刚才在问女友："我们会去哪里？我们会变成什么样子？"

我们看见在音乐室里，有那么几秒钟，女友和洛朗斯搂抱在一起。她们看着花园，两个人消失在整个场景中。神态中一片荒凉的悲哀，不知道她们在等待什么。

镜头又回到了饭厅。

男人渐渐消沉起来，他的双手抱住头，臂肘放在桌子上，就这样沮丧地待着。他一定哭了。

伊莎贝尔·格朗热一声不响，慢慢站起来朝落地窗走去，打开它，走了。她的身影从哭泣的男人身上闪过。

男人没有发现她离去，哭泣着。总之，他来到这户人家，因为他明白在这里他可以不用难为情，不用顾及尊严地哭泣。女人让他独自一人待在那里，他爱怎么哭就怎么哭，想哭多久就哭多久，就像人家让他睡觉一样。

时间在流逝：除了哭泣声，什么都不曾有过。

他抬起头，擦了擦眼睛，看看四周，发现她不在那里。他面前的落地窗开着，这一次我们迎面看见了他，他用眼睛在花园里寻找女人。

花园里，她过来了。始终裹着黑披肩，慢慢地走动。她不看房屋一眼，好像忘记了那个男人，忘记了一切。她消失了。

他用目光追随着她，她离去后，又出现在盯着她的男人身后的沙发上方的镜子里，她走过去了。

她什么地方都不再去了。

男人站起来，不再哭泣。他渐渐地开始观看周围的一切，他身外的东西。直到现在，他在这里只看见过女人们，他只注视过她们。他还没有看房子。他开始仔细观看。

非常缓慢的饭厅橱柜的全景图，这种缓慢使人联想到女人在花园里的漫步。房间里的东西展现出来，花草，花瓶，两张小女孩的照片——彼此分开着。钢琴和走在花园的女人的孩子们之间的联系也展现出来。

男人离开了饭厅。

我们看见他在纳塔丽卧室门口，看见他所看的东西：

熨衣板。熨斗插着电源放在那儿，指示灯还亮着。熨衣板上扔着孩子的罩衫。

男人出去了。

他又回到饭厅，停在那里，看着花园，看见了她。

事实上，她又转回来了，朝与刚才相反的方向走去。她漫步在很远的花园中间，身体被近处的树木遮住了。又出现了。然后完全看不见了。

他的双眼追随着她，如同跟随某种纯粹的运动。女人走过后，男人身后的镜子里又出现了她的身影，然后不见了。

他又走开了，朝与孩子卧室相反的方向走去。

厨房。他往前走了几步。看着，清点着，看见了我们已经看到的东西，也看到了我们未曾见过的东西：例如，那些放在桌子上的蔬菜，拣了一半就放在那里了。

男人的周围没有出现任何东西，确实让人失望，同时，所有的一切都证实了这种失望。

到现在为止我们已经见到过的东西，这次又通过男人的双眼看了一遍，也就是说通过一个不知情的第三者的眼睛看了一遍。对男人而言，就像一部开始放映的新电影。对我们亦如此：但这部电影是男人拍摄的，不是我们拍摄的。我们看到的是他的电影。

他走出厨房，我们跟着他。他在通往起居室的过道里远去了，我们听见了他的脚步声，还听见其他人的脚步声。沿房的大街上有人经过，好像这些路人还说着话。

男人的脚步声与行人的脚步声混在一起。

他突然在起居室中央一下子停住了，他看见了什么。是什么呢?

纳塔丽。

纳塔丽躺在转角沙发上。一副孩子的痛苦模样。头枕着双臂，她看着走进房间的那个人，一点也不怕。

她不再看他。

（我们不知道纳塔丽是否知道她将去寄宿学校。我们对她一无所知，除了她在花园里给猫的那一吻，当时并没有一个人看见。）

男人继续在女人的住所里前行。他离我们越来越远，走到了音乐室的门前，又一次停下来。他也在这里看见了什么。是什么呢？

搂抱在一起的女友和洛朗斯，她们看着花园。她们处在半明半暗之中，没有看见他。

男人又往回走，我们耐心地陪伴着他。

他回到饭厅，朝花园里看了看，就又停下来了。

伊莎贝尔·格朗热（可是她还有姓名吗？）又过去了。她从花园深处的雾中、离我们更远的地方经过，她是那么远，我们几乎看不见她。（因此，她经过了花园的三个高度。）这一次我们没有从镜子里看到她的身影。我们追寻着她，直到她完全消失在花园的雾中。她已经消失了，花园里空空荡荡。

男人好像被外面这一切所吸引，向花园走去。

男人来到花园，走出了属于他自己的故事，观看别人的故事。他并没有真正地寻找女人。他很平静。

在他身后，房门大开。

对着空荡荡的花园拍摄的环绕全景：男人在观看。镜头经过掀翻的小推车时并没有停留。哪儿都没有看见女人。

男人往前走，转了弯。现在走在池塘前，我们从背面看见他，发现他在沿池塘往前走。

池塘。

背对镜头的男人消沉了：突然害怕起来。

好像男人感到自己不应该在女人的住所里再往前走。他来到某个他不应该侵犯的边界，不许侵犯的地方：他走开了。离开池塘。

我们看见他走在花园中央的小路上，走得很快。

他来到厨房里，一转眼又消失在饭厅里，不久又出来了，手里拿着公事包，然后就像钉子一样钉在那里。随后迈动脚步，向大门口走去。

同样在大门口，他突然间难以割舍。

纳塔丽待在转角沙发上，睁着双眼，听着男人在房间里走动，她倾听着。

他来到房间里。他走开。他打开房门。并未关门。女人住所的门大开着。

大街上，他朝自己那辆小卡车跑去，登上卡车，发动引擎。消失了。

大街上又一次空空荡荡，烈士纪念碑广场和电影开始时一样。

然后就发生了“拍摄中的意外事故”：

一个男人用绳子牵着一只守门犬从那里经过。男人和那只狗向我们走过来，从女人的住所门前经过，突然间狗十分恐惧地直起身子，不愿意往前走。它扯着绳子，拼命要逃走。牵狗的男人不明白，看看房子，发现大门窗户后面的镜头，试图把狗牵走，没有成功，只好掉头和狗逃走了，就像几秒钟前那个推销员一样逃走了，这个女人的住所突然让他害怕。

完

（第一七〇页的）注释

丈夫、父亲被排除在外，最初并不是这样设想的。也许他离家出走了，但是并没有被排除。电影拍摄完毕后，当我在放映厅观看时——在摄制组成员和其他人的陪同下——我发现了这种排除。更有甚者，电影里这种对男人——父亲和丈夫的排除既彻底又简单。对男人的排除没有在拍摄的任何时候受到质疑。没有人问伊莎贝尔·格朗热的丈夫干什么去了（那个扮演这个角色的男演员也一样）。这就意味着无论在拍摄哪个场面时，也可能恰恰相反，父亲从来都没有缺席过。这便成了我的一种个人迷信。

要是男人仅仅在属于女性的下午存在的话，那么那些事先设想的场面就不可能存在。其他的场面也许就会取而代之，那么这就会是另一部电影。

首先，那些场面对男人而言无论如何都不会存在，因为它们要求房子中居住的人有一种最基本的沉默——这样称之吧：身体的沉默——这种活动的延伸（例如她们点火时）与活动所在的时间的延伸相吻合。很难想象男人，两个男人像那些女人一样久久地待在那里，没有缘由，一言不发地在那里点火。

也无法想象男人会和那个推销员长时间待在一起。无论是谁，我敢肯定，面对推销员时都会不耐烦，最好的情况就是来人一进房门，男人没有即刻把他打发走。因为一个男人也许会去听推销员的演讲，但是男人的目光还没有女人目光中的这种功能：在某个他被排除在外、他保持沉默、他不复存在的地方听人演讲。

撕报纸、法国电力公司的信和学生成绩册的场面也不能为一个男人设计：男人会说话、为自己辩解而不会撕掉那些东西。或者，即使要采取行动，也要先把话说完。只有在发疯、发神经时，男人才会采取本能的行动。那些女人很自然就能做到的事情，男人只能在发神经时才能做到。对观众而言，这种状况就可能超越所有其他可能的方面，而动作的完成必须有这些场面。我们会这样想那个做伊莎贝尔·格朗热才做的事情的男人：他有毛病，因为他撕自己的信件，这会变得比撕毁信件本身还重要。要是人们想——我认为人们会这样想——伊莎贝尔·格朗热的身上有某种神经质的东西的话，也不会吃惊，我们会从她身上看到那种女人通常有的东西——来自时代深处，来自令人难以忘怀的压抑。因此，这种被所有人接受的状况不会妨碍、也不会阻止场景的各个方面展现出来，更不会破坏场景中的任何方面。

女人间的认同，她们的互补性(粗俗的词)，会在装扮成她们的模子中——在空间、时间中，在休息、行走、倾听等等时凸起、浇铸，这不但在男人之间不可能发生，就是在女人住所里的男人面前也不可能发生。男人的身体就可能成为女人在房间、花园浇铸的障碍。我在讲我看见的和没有看见的事情：在电影中的那个下午，我根本没有在这个女人的住所里看到过男人。这个封闭的空间应该是摆脱了——清除过——所有意识形态中——从词汇的历史意义讲——压迫性的存在，哪怕在最好的情况下，由“善解人意”的男人承受。

当伊莎贝尔·格朗热行走在花园里时，整个花园都随她而动，花园与女人之间的融合显而易见，非常和谐。一个男人则不会以这种令人信服的方式“入住”花园，他的身体不会如此简单地融入花园的自然之中。我们会这样想：他到花园里想他的事去了。而我们则会这样想伊莎贝尔·格朗热：她在花园里。就这些，人们只会想到这些。

如果说电影里有男人的话，那也只有一个人，推销员。由于他的不幸，这个男人更多地属于自己的童年。十分可笑的男人：其他男人，那些“真正的男人”会这样看他。和推销员一起，我们远离了双亲模式，远离了家长模式。我们正好与此相反。电影里的男人因此就成了其他男人拒绝、而女人接受的人……电影里，女人们摧毁了他与拒绝他的男人一脉相承的一面，摧毁了他的演讲：这个人其实有理论天赋，就是在描绘洗衣机的优点时，当他只是单方面时也是这样。

（写给报刊的）话

一九七二年底由《战斗报》发表

摄像机进入一座房屋，是春天的午后，摄像机观看着，看到了。

房屋很长，横梁很长，与花园平行。房门开着。天气依然较冷，巴黎地区的春天天气多变，刺骨般寒冷。阵雨，寒风。例如现在是一九七二年四月十日。

一九七二年四月十日：电影另外一个可能的名字。日子中的日子，却被打上了无法替代的日期戳记，在整体中流逝，被带走，被烧尽。

一六七二年四月十日：一个女人来到这座房屋现在白石平台所在的地方。一六七二年四月十日。这个女人身体不适，她从田间回来。她说了一句有关那天天气沉闷的话。池塘里鸭子在叫。有一个孩子在树下睡觉，孩子旁边，一个男人看着女人走过来，对着她笑。女人走进农场，不见了。那一时刻刚刚经历就被燃烧、稀释、埋葬掉了。声音在倾听的男人周围传送了片刻，就降低了。喧嚣的灰尘。女人有着干草的气息，额头上冒着汗，她的眼睛是蓝色的。三百年的日日夜夜，只有这一天没有一丝风。

在这个女人走过的地方，一九七二年四月十日这天，其他女人由此经过。她们同样身体不适，却一言不发。镜头看着她们走来，她们日复一日占据着三百年前那个感到闷热的女人走过的地方，那个向看着她来的男人抱怨着说话的女人走过的地方。

女人走过的地方，农场还在。首都巴黎越来越近，土路变成了大道。田野不复存在。这里修了平台，也安了落地窗。电影也一样。

电影就从现在开始。现在，对那两个女人的住所里所有其他房间进行挖掘，镜头一会儿对准她们，一会儿离开她们，又对准她们，再一次离开她们，直到电影那命中注定的九十分钟逝去为止。

镜头在此会遇到两种类型的事件。视觉的事件。声音的事件。视觉的事件这里是指两个相遇的女人。声音的事件，是指那个讲述事件的声音，在距拍摄地点大约五十公里的德勒森林，两个少年杀人犯遭到围捕，将要被捉拿归案。声音说，他们还没达到法定的成人年龄。他们从库尔纳弗的夜色中来，杀了人，又回到普通的夜色之中。一九七二年四月十日被扔进了黄昏的废纸篓，两个少年犯也被扔掉。

声音从拍摄的空间传过，女人们听到了。

也许正是从她们开始注意声音起，镜头就预感到这里正在上演一场悲剧。可能就是日常悲剧，是的，然而女人们的目光却因此而呆滞，她们的脚步因此而凝重，围墙对封闭的空间的压力也因此增大。

一个小姑娘在学校不用功学习，殴打同学，人家要把她送到寄宿学校去。她的名字叫纳塔丽·格朗热，你们猜到了，就像她的名字可以叫让娜·迪蒙或玛丽·德方丹一样。不会有异议。

那是否就是对威胁别人的这个女孩的追捕？

或者还牵涉其他事情？

所遇到的另外一个主题：推销员，他从村子里经过，推销洗衣机，他走进来，看到了——就如同镜头里所看到的那样——两个沉默寡言的女人，他给她们讲洗衣机的优点。话语。

这个推销员是从德勒森林里逃出的杀人犯吗？

没有任何东西会阻止这种想法。

还有其他事件：一个葡萄牙女人被违法地赶出自己的住所。

一切，上千种没有记下、没有看见的事情组成了我们生活中的一天。

还有其他主题，但是这一个是没有意外的事件：音乐。

这里的音乐被叫出来，被提到，被听到。有人在弹钢琴，孩子们在弹奏音阶。电影里的所谓音乐是贫乏的，不协调的。算了，孩子们弹奏得不准确，但这些不准确的音符是一种存在，电影不得不像保留音乐厅那些准确的音符那样放进它们。

然而音乐却在那里，通过那些走调的音符存在着，震撼人心，巨兽般掌握着电影。它无所不在，无时不在，时而沉郁，时而高昂，调节着主题的运转与循环。一个主题展现在那里，紧接着是另外一个表面上完全独立的主题，然而后者事实上从概率上讲必定是第一个引出的。音乐完成了两者的衔接，也许我们会搞错：衔接在无声无息、没有预告中完成。

因此，生活与伊夫林省的杀人凶手完全没有联系的纳塔丽·格朗热也是伊夫林省的一个杀人凶手。这个对自己都陌生的伊莎贝尔·格朗热听着墙外的声音，她也一样。推销员也一样：他的武器，难道不是洗衣机？同样，那只在住所穿行的猫——没有一个人说它好看，其实是杀害田鼠和小鸟的凶手。

一六七二年四月十日，女人的话说明孩子瞌睡了，睡在树下：他们沉浸其中的闷热天气展示出那个完整的时刻。抱怨的女人和睡觉的孩子之间是音乐关系。这里那些不同的狂暴之间同样也是音乐关系。这里的狂暴是由音乐表现出来的，比语言、行动表现得还要突出。

音乐就是狂暴本身——那种实施在孩子身上的狂暴——它使所有那些互不相干的狂暴最终都互相沟通——以便成为狂暴的全部，

高度概括的狂暴。

电影沉浸在狂暴之中，然而几乎没有什么东西从自身看到狂暴：孩子的手势，伊莎贝尔·格朗热和女友的目光，馋猫的哈欠。音乐——电影里所涉及的所有狂暴都是音乐——孕育了它们中的每一次狂暴，把一切汇集在惟一的事实上。

我们谈到了电影在制片人中引起的不安。这种不安一定与流动在对某个地方、某个脸庞、某个物件并不吸引人的探索中的不安属于同一性质。要是你去某个住所寻找一个故事，故事可能会使你不安，但不是通过房屋本身。然而，假如你没有目的地进入房间，没有预想任何东西(然而在百分之九十八的电影里都是有预想的)，房子本身就可能成为不安、着迷的对象。偶然进入随便什么地方；无论什么地方，都会令人害怕。无论什么地方，我们都会问：人怎么能生活在那个地方？怎么能生活呢？

对观众而言，这里有两种担忧相连接。一种是观众走进时的担忧。第二种是当推销员走进时，他的担忧。这两件事情，你已经看见。你看见，轮到他看你已经看到的事情。你又和他一起再一次看到已经见过的事情。你认不出来了。因此，此时此刻你已经是一个和电影开始时不一样的人了：你变成了推销员。

我们让你们独自接近电影，然后在电影结束时，建议你认同他。你走着，严格地说你和他行走在那座你留给他的房屋里。

电影正好在推销员离开他探寻的地方时结束。推销员走开时，摄像机就停下了。因为，事实上，他走后，谁还会看呢？

女人们的房屋

房屋可能修建于一七五〇年。

我们在谷仓里找到了烧成灰烬的干草。

饭厅曾是一道可以通大车的门，把房屋分成两边。它在不知什么年代加盖了屋顶，四壁也盖严了。

我们查询地籍册，试图梳理这座房屋的故事，然而法兰西第一帝国时才有地籍册，因此最初的房屋史我们无从知晓。

我们从地籍册上得知，首次官方的财产转移是在一八三〇年。因此，在此之前的很长时间里，这座房子属于同一个家庭。

在十九世纪末，房屋属于园艺家。女主人叫玛格丽特·维克多·塞内沙尔。又过了很长时间，它又属于这样一个家庭：它是巴黎著名公证人公会的一员。现在房屋的主人是制片人。

纳塔丽的卧室是谷仓的一部分，卧室与现在的饭厅之间过去肯定是马厩。

围墙很厚，用乡村那种磨石粗砂岩和柴泥砌成。

电影里看到的树大部分都是果树。但是也有许多丁香树。还有一棵落叶松，建房时应该就有了，距今已经有两个世纪。一棵假挪威槭树。一棵千金榆。一些紫红色的美洲山毛榉。一些冷杉。

池塘过去是农场的水池。一八六〇年前后砌成：刻了一块石碑。池塘里有水泉，我们常年在那儿钓鱼，有鲈鱼、欧鱼，有时还会有白斑狗鱼。在拍摄电影期间甚至钓到了一条五公斤重的白斑狗鱼。

一九四〇年的战争期间，德国人占领了这座房屋。

很长时间里，由于没有垃圾场，生活垃圾都埋在花园里。因此，有时挖地时，就会翻出一些碗碟碎片，小孩的刀子，毫无破损的珠子，丢失的钥匙。但是屋子的阁楼里没有任何私人的“日记”或“笔记”，连一封信都没有。没有一本书，一张报纸。很长时间里，房屋的住户既不读书，也不写字。没有一张画像，一张照片。在地籍册上出现的姓名之前，墙上没有刻任何人的姓名。什么都没有，除了有时固定在墙上的那些生锈的铰链：有些门肯定堵死了，然后又打开了。为什么？是在分家、吵架、结婚之后，谁知道呢？

村庄距凡尔赛十四公里，剩余的皇家森林围绕着村庄。很快，肯定就在事发当天，住户就一定得知了一七八九年的重大新闻，也许他们还到凡尔赛“看看发生了什么事”。那时肯定可以坐大篷车去凡尔赛，那也得花三个小时。

也许他们待在家，吓得躲起来了。

我们不得而知，什么都不知道。

不该过分坚持：痛苦袭上心头，毫无办法。

恒河女子

户思社　译

片头字幕

(黑衣)女人	卡特琳娜·塞勒斯
旅行者的妻子(夫人)	卡特琳娜·塞勒斯
沙塔拉的少女（劳儿·瓦·施泰因）	尼科尔·伊丝
沙滩上的男人(疯子)	热拉尔·德帕迪厄
沙滩上的第二个男人	克里斯蒂安·巴尔杜斯
旅行者	迪奥尼斯·马斯科洛
市立娱乐厅的男人	罗贝尔·博诺
旅行者的孩子们	鲁道夫和韦罗妮克·阿尔皮斯
编剧与导演	玛格丽特·杜拉斯
摄影主任	布鲁诺·努登
第一副摄影	源·凡·多姆
第二副摄影	让·马斯科洛
副导演	伯努瓦·雅科
录音师	阿兰·米斯兰
副录音师	米歇尔·穆勒
场记	热纳维耶芙·迪富尔
摄影师	让·马斯科洛
剪辑	索朗热·勒普兰斯 达尼埃尔·热阿格

	米歇尔·穆勒
混合录音	埃尔维尔·勒纳
声音一	尼科尔·伊丝
声音二	弗朗索瓦丝·勒布伦

《恒河女子》于一九七二年十一月十四日至二十六日在滨海特鲁维尔拍摄，由法国广播电视部研究室制作，是部 16 毫米胶片的彩色电影。

严格地说，整部电影没有一个移动镜头。所有的画面（一百五十二个）都是固定镜头。

前　言

《恒河女子》是两部电影：一部影像的，一部声音的。

影像的电影是预先设计好的，有计划的，整个结构都记录在剧本中。影像的电影如期拍摄，如期合成完毕。

说话的电影，意即声音的电影并非预设好的。在影像的电影剪辑完成后，才有了这部声音的电影。它来自遥远的地方，到底是什么地方呢？它扑向影像，进入影像的领地，然后驻扎在那里。

现在两部电影都在这里，完全独立，要说有联系的话，也仅仅通过不可避免的物质关联。两部电影均拍在同一叠胶片上，以同时观看。

声音就在影像拍摄现场录制，却与摄像机拍摄的内容无关。声音自言自语，它并不知道观众的存在，因而不是电影评论。如果说这些声音与电影中的其他声音一样，都是沙塔拉的声音，它们之间却没有任何联系。也不是人们通常所理解的画外音：这些声音并不会使电影情节的展开更容易，相反，它们缠绕在电影中，扰乱电影。

我们不应该把这些声音与影像的电影重新连接起来，它们也许出自某种与电影不同的材料，可能会通向与这部电影完全不同的另一部电影，只要它空白、贫瘠、充满空洞。

声音的电影

声音：另外一部电影。女性的声音。

年轻的女声，如同姐妹，一个充满渴望，一个充满活力。它们混在一起，非常相像。它们来自夜空，好像从一座飘荡在虚空之上、一切之上的阳台升起。它们因为渴望而联系在一起，它们渴望对方。长期以来，它们到处飘荡。在被人流放到这个地方之前，某种碎片式的、突发性的狂想击中了它们。它们早就等待着死亡，等待着故事，等待着整个死亡、整个故事。它们准备停当，渴望中留下了一股清流。它们遍寻形象，浸润着它，渲染着它，展示着它，沾上了它那碘的咸味。它们恢复形象，看着它，看到了它，忘记了它，又回想起它。它们变成了影像。毫不延缓地变成了影像。我们看到它们闭着双眼，它们栖息在那儿：在黑色的空间里——无边无际——在影像与观众之间，是已经变了形的白色身影，无法接近的脸庞转向被观众注视的影像，这些独立的声音传向远方。

它们并不知道我们。

不知道被人倾听。

它们走向影像，又向四周白色的地方走去。它们在那里死亡，消失得无影无踪。女性的声音不停地穿越、流动，在电影的身躯里缓缓流淌，与它融合，把它溺进自己的躯体，好遮住它，并因此而消亡。

白昼。

一个四周是树，有高大长方形建筑的广场。

这是一座城市，空空荡荡。但是远处好像有生活的气息：喊声，工作的嘈杂声。也许在其他地方，在远处，这座城市并不空荡，在电影所经之处，这里或那里，这座城市有一个名字：沙塔拉。

一名男子来到广场，穿着雨衣，手里提着一只黑色小箱子。他迈着缓慢、整齐的步伐，直到电影结束，始终如此。

他就是旅行者。

从广场穿过。

穿过了广场。

旅行者沿着小河往前走，什么也不看。迈着脚步，前行。小河的泥沙墙，还有海鸥刺耳的叫声，河水很低，这里肯定距海边不远，已经能听见大海的声音。

旅行者过去了。

旅行者从一座海边住所前的码头上经过。

远处，有人在低声哼着一首歌，是女人的声音。《蓝月亮》，一九三一年的布鲁斯。

旅行者，继续，走着。

来到一条石板路上，长长的路，笔直笔直，依然空空荡荡。这里是海边，到处都是沙滩。白昼，灰暗的阳光，死气沉沉。他什么都不看，继续在沙滩中行走。

目光：

目光追寻着旅行者走进沙滩，追寻着他的到来，伴随着他的到来。

是一个女人的目光，穿着黑衣服，深黑的衣服。

是一个眼睛明亮、头发金黄的男人的目光。目光完整，视线直接，未曾见过。

是第二个女人呆滞的目光。她看着地面，没有看到旅行者。

旅行者继续前行。在目光中走动、穿行。

声音：第二部电影开始了。声音的电影。

声音一

有人看见他了吗？

声音二

是的。沙滩上那些男人。

声音一

还有谁？

声音二

穿黑衣服的女人。

声音一（停顿片刻）

他们认出他了吗?

声音二

他们看着他。

沉默。

我们看见了所有的人，那些目光就是这些人的。

沙滩上，那条石板路旁，穿着已经褪色、积满灰尘、阳光下非常引人注目的黑睡衣，脸上涂脂抹粉，粉白粉白的，是一个女人。

海边，那个眼睛明亮、头发金黄的男人穿着破破烂烂、尽是破洞的白色羊皮里上衣，他就是疯子。他身旁是褐色头发的男人，穿着灰色羊皮里上衣，很年轻，没有名字。

台阶下面的沙滩上，那个看着地面的女人，第二个女人，她穿着亮丽的衣服，靠着铁丝网坐在那里。她登记的名字是：L. V. S. 。

旅行者从观看的人身边走过。

一家旅馆。面向大海。非常大。过去那种豪华大酒店，现在已经没有人光顾。窗户紧闭，像空洞的碉堡。

旅行者来到它的脚下。

声音二

他为什么要回到沙塔拉？您认为是要再看看他们相爱过的地方吗？

沉默。

声音一

可是……为什么还要再看看呢？已经这么多年了……他当时是不是在旅馆还有一个房间？……

旅行者走进庭院，消失了。

三个人的目光没有跟上，而是停留在旅行者消失的地方，一动不动地盯着那个地方。

在保留着意外的沙滩空间里，L. V. S. 坐在旅馆的台阶下，背靠栏杆，眼睛看着地面，在这个普通的地方停下了。

女人和疯子慢慢出现了，走向这个被包围的空间，靠近旅馆。有两个声音在谈论他们：

声音二

他们失去记忆了吗？

声音一

是的，他们的记忆现在在外边。

声音二

成了灰烬……

停顿片刻。

声音一

是的。是那个夜晚沙塔拉的火光味……

声音二

正是……

沉默。

他们又走来了，走到L．V．S．身旁，在她周围聚集。他们来到台阶前，停住了。

三个居住在这里的疯子聚集在一起，默默无言，一动也不动，朝着旅馆张望。眼中的神情依然各不相同。大海的声音。无休无止。

驻足在旅馆大厅的旅行者看着下面那帮人。一直深藏不露的目光这时发出了亮光，凝视着，受到触动。他的目光能够认知，那几个疯子的目光则视而不见。

那帮人又开始用眼睛追寻、追随着某种我们看不见的移动。

长长的过道昏暗无光。地毯。镜子。大酒店那种宽大的走廊。

脚步声，旅行者穿过走廊。那帮人的目光穿过墙壁，紧随着他。

旅行者来到一扇门前，打开，消失在昏暗之中(镜头转换)。

那帮人的目光停在那里，旅行者一定走到头啦。

其实他站在昏暗的地方(细细的光线从关闭的百叶窗缝隙间射进)：那是一间客房。

眼睛始终紧紧盯着他。

他动了一下，放下箱子，脱掉雨衣。

直挺挺地坐在那里，等待着。

外边，目光已经停止，那帮人已经散去，默默地各奔东西。(旅行者到了自己房间。)女人先走的，随后年轻男子也跟着走了。

只剩下L. V. S. 和疯子，还有谈论L. V. S. 的声音。

声音一

我们以为平常在海边看到的人是否就是她?

有时我们真的以为……

声音二

当时大家说她已经不在人世……谁知道呢……也许她就是当年沙塔拉的姑娘……

沉默。

声音一

一想到当时的事情……那是多么催人泪下的爱情……

声音二

是的。

沉默。

疯子看了看L. V. S. 。

她起身，跟着他，停下来了。

他转身等她，她又开始跟着他走。

他们也消失在画面里。

跟旅行者来之前一样，这里重新变得空空荡荡。

这空荡作为联络材料，将会是以后的联络点，电影将围绕它不停地上演。

空荡中，传来了一个妇人轻声哼唱《蓝月亮》，很遥远。

沙滩上，有人走过，脚步的痕迹。始终是大海的声音。

声音二

我忘记了……他们是在什么地方相遇的？

声音一

一天早晨，就在这里，沙塔拉的网球场。姑娘当时十八岁。他是大地主的儿子，无所事事。婚礼本该在秋天举行。

声音二

对啦，就是这样……然后就有了那场舞会。就是那场在沙塔拉娱乐厅举办的盛大的秋季舞会……

声音一

正是。

沉默。

那场舞会……
那是多深的爱呀……
多么强烈的欲望……

沉默。

山腰上的别墅关闭着，窗户已经堵严，苍白的日光难以穿过。

堤岸，乱叫的海鸥，都通向小河。到处都空空荡荡，包括冬日的阳光。

旅馆前的沙滩上某些随意的影像，远处是防波堤，再远处是灯火通明的城市——一个密封的整体——近处是栏杆，铁丝网，刚才L. V. S. 就靠在那里。

空荡的网球场四周围着铁丝网。还是一样的日光。

然后没有过渡就到了黄昏。沙滩、大海，尽管还有颜色，但已开始暗淡：蓝色的海面已经变暗，天边的落日已经开始褪色。苍穹四合。

久久的沉默。

声音一

有时候，难道你没有想死的念头？

声音二（停顿片刻）

有。

沉默。

市立娱乐厅的穹顶。后边是漆黑的天空。

一个男声念出了《蓝月亮》那蹩脚的歌词。它思索着，终于想起，重复了一遍，好像这些歌词有含义似的。

蓝月亮……你看见我独自伫立，
心中没有梦想，

天空在旋转。

声音突然停止了思索。

汽笛声从远处传来。

然后什么也没有了，重归寂静（场景切换）。

黎明时分，沙塔拉城碉堡似的旅馆的门面模糊不清。只有一扇窗户开着。门面占据了整个镜头。

阳台上出现了旅行者的身影，他背靠着墙，看着眼前的一切。

通往海滩的石阶下，很远的地方，L．V．S．和沙塔拉的年轻人拥抱着睡在那里，身上盖着大衣，清晰的身躯一动不动。

黄色的阳光。风。他们身旁，绿色的大海拍打着岸边。沙滩上空无一人。大海的声音很大，很清新。

旅行者注视着衣服底下的身躯。

还是黄色的阳光和风，沙塔拉的其他沙滩。开始什么都没有，随之一种变幻莫测的敲击声，很急，却节奏分明——那是地下心脏的跳动声。开始占据这里的空间，一切都随着海浪声开始拍打。

女人。她从穿过镜头的石板路上走来，依然穿着黑衣，一成不变。她一边往前走，一边十分警觉地听着、看着，目光代替了所有人的思绪。她替所有的人与事着想。今天早晨，她的目光告诉人们即将发生的事情。她窥伺着，专心地察看着沙塔拉。这不，她停了下来，转过身子。她听见了什么，或者看见了什么。她扬起头，用眼睛寻觅。敏锐的目光：她在整个宁静中觉察到了某种移动。

她转过身面向我们，久久地注视着。

她后面很远的地方，疯子慢慢出现了。他走了过来，然后停下了。

他也停在那里，久久地注视着。

声音一（轻声抱怨）

有时候，我们周围尽是荒漠……
这家旅馆又那么大……
只有我们几个人……

沉默。

疯子，女人，始终待在那里，观看我们看不见的东西。

旅馆的走廊。旅行者迈着缓慢规整的步伐从那里经过。疯子和女人注视的正是他，他们从墙外边看他。

他走进楼梯，消失了。

敲击声，始终如一，靠墙这边更加震耳欲聋。

女人的眼睛朝下看，我们听见脚下的院子里传来了踩着砾石的脚步声。

旅行者走出旅馆，穿过庭院，停下，然后又慢慢地走开，什么都不看。然后又停下来，再走开，终于沿着通往海滩的路走下去。走进沙塔拉周围的地方，看了看脚下的土地。随后，在疯子和女人的注视下，他走进了他们的地盘，呈现自我，推荐自我，脚步缓慢，犹豫不决。

走过了门厅。

L. V. S. 和年轻男子背靠着砖墙坐在那里。

旅行者来到他们身旁，靠着同一堵墙。

L. V. S. 和年轻男子仿佛没有看见他。

女人和疯子始终在看。

女人动了，走了过来。

她端直走向旅行者。

旅行者等待着女人，看也不看她一眼。

女人来到离旅行者很近的地方，久久地端详着，久久地在近处观察他。

然后，她开口讲话。这是他们第一次说话。

她的声音很大，很慢，好像旅行者是聋子，或者离得很远。

她没有向任何人讲话。

女人

您昨天早晨刚到。

旅行者(停顿片刻,轻声地)

是的……

女人(长时间停顿)

您住在那个旅馆。

她转过身，指了指旅馆。

旅行者（更加干脆地）

是的……

她又一次久久地看着他，然后重新开始讲话。敲击声更大。

女人

您不是第一次来这里。

旅行者打了个微颤，突然把头转向女人，好像连他本人也不知道怎么回答似的，要等她给自己一个答复。

久久的沉默，非常缓慢。

旅行者

……也就是说……我记起来了……是这么回事……我记起来了……

女人（停顿片刻，突然）

记起什么了？

沉默。旅行者在寻找答案。

旅行者

……记起了一切……记起了整个事件……

沉默。

女人看着他，然后突然不看他了，开始看周围的其他事物，天空，大海，沙滩。她好像有些害怕。

疯子也开始看自己的周围，天空，沙滩，大海。空中的敲击声非常大，大海的声音也非常大：连绵不断的吼声与那一下下的敲击声混在一起。

疯子害怕了，他自言自语。

疯子

……光线……光线……光线停止啦……

他转过身，寻找着：

疯子

……有事要发生了……不可能……

突然，一下子陷入沉默。

疯子暴躁地转过头，固定在那里。

前文所描述的沙滩的某种影像，正是疯子在观看。

大海哑了，心脏停止跳动。

就在那边，在这种影像里，声音好像被切断了。

由此沉默蔓延开来。

L. V. S. 用胳膊挡住眼睛，一副受到惊吓的样子。女人和疯子都转过身看着那影像。三个人就这样直挺挺地定在那里。好像只有旅行者没有注意到意外消失的光线，好像他便是让光线停止却不自知的始作俑者。

声音切断了十秒钟。

拍打声首先传来。

随后是大海的声音。

L. V. S. 放下胳膊：意外过去了，声音复活了，那是“光线的声音”。

女人动了一下，转过身子，还没有忘记停止的光线。她看着旅行者，“那个中止光线的人”。因为惊吓和恐惧，她瞪大了双眼。

疯子已经忘记了，他重新向墙边走来。

疯子来到其他人身边，自言自语。

疯子（声音低沉地嘟哝）

……我迷路了……

……我超越了距离……时间……

他用手臂指着防波堤的后边——那番影像——然后放下手臂。

女人继续看着旅行者。一动也不动。

疯子坐下，重新开始行动：他的目光搜寻着沙滩，搜寻着大海。

到处都是有节奏的敲击声，背后是大海的喧嚣。

沉默。

旅行者又开口说话了。

旅行者

我们在哪里？

女人

从这里一直到小河，都是沙塔拉。（手势。）

旅行者

过了小河呢？

女人

过了小河还是沙塔拉。

旅行者开始注视 L. V. S. 。女人看到了他的目光。

敲击声越来越大。

L. V. S. 始终什么都不看，什么都看不见。她对身旁的男人，她的影子，这片空白都视而不见。

疯子（一个人，继续说）

……我当时很害怕……海涨潮了……

……我很害怕……

女人开始观察旅行者注视着的L．V．S．。

L．V．S．和旅行者之间的某种联系被窥视到了——出自女人的目光。

疯子注意到旅行者和女人在看L．V．S．。

因此，他开始看L．V．S．。

因此，他想起了L．V．S．。

他对旅行者说话。

疯子

……人家告诉你了吗？……她到底应该睡觉呢，还是应该去死……

女人

是的。

敲击声始终不断。

疯子站起身来，他要带走L．V．S．。

他首先看了看她，等待着。她站起身来。于是，他往前走。她跟着他往前走了几步，停下来。他也停下来，然后，又往前走。她又跟了上去，然后她不停地跟着往前走。

他们出发了，慢慢走出画面。

其他人目送着他们穿过沙滩。

女人（画外音）

他们在那边的岛上睡着啦……

疯子慢慢地把L. V. S. 引入梦乡。他迈着步子往前走，沙滩上只有他们。他们越走越远。她像个身体孱弱的女人移动着谨慎的脚步往前走。

敲击声渐渐小了。

旅行者和女人在墙边。

旅行者看着他们远去。

女人看着旅行者。

女人

我认不出您啦。

我们几乎看不见他们了，已经看不见他们了，敲击声停止了。空间里又一次只剩下大海的声音。

沙滩。黄昏。沙滩，水洼，天空，重叠着金色和蓝色。

空荡的场景。

夜晚。很暗的蓝色。黑色的蓝。依旧是空荡的场景。我们难以分辨：依旧是大海。海浪舒缓地翻卷着，沿着荒芜的堤岸冲击着沙滩。路灯已经点亮。

这是什么地方？

什么时候？

舞会之前？舞会之后？一直是舞会之前？依然是舞会之后？那次舞会，漩涡中心的欲望之火仅仅持续了一个夜晚。声音断断续续地提到那次已经相距久远的舞会，重新构建那里的废墟。

我们走进了沙塔拉死一般的舞会。

声音二

她来得很晚……已经半夜了……

声音一

另外一个女人……

声音二

是的。

穿着黑衣服。

她几乎已经人老珠黄，又丑又瘦。

停顿片刻。

您记得吗……

声音一（停顿片刻）

有点印象……
有一点点印象……

声音二（停顿片刻）

她从印度来……从大使馆来……
她来了……
穿过舞场……
心不在焉……

停顿片刻。

您明白吗……

沉默。

声音一（低沉的叫声）

啊，对了……对了……我想起来啦……她身后是恒河……那些乞丐……她的周围……是这片空间……饥饿……

沉默。

又是另一个夜晚，大海依旧，空荡荡的码头边是路灯。

这是什么地方？是那边，恒河的美索不达米亚的海关码头遗失在此地，遗失在沙塔拉吗？那些供人居住、整天关闭着门窗的白色别墅，就是那些在加尔各答的英租界里的别墅吗？那些乌云，就是季风转换时期像漂流的陆地一样移动，然后在尼泊尔上空散去的乌云吗？

沉默。

声音一

是的，我记起来啦……

他问那个姑娘："我是否应该请这名女子跳舞……"

声音二

正是这样……

沉默。

声音二

他们跳舞。

沉默。

是这样：彼地移动了，来到这里。我们走进了这个已经掏空爱情的地方。他跟着另外一个女人去了印度。正是在印度那个地方，爱情才有了形体。在那里，爱情是通奸，是儆戒。爱情在热带季风期的天气里，在大使馆紧闭的笼子似的房间里，被消磨掉了。大使馆的花园对着恒河。周围是麻风病人。我们听到了法国副领事的哭泣。

到处都是哭泣。

在欲念之地：紧闭的笼子：哭泣。

声音在继续构建已经死去的舞会。

声音一

姑娘在哪里？

声音二

在酒吧间的绿色植物后面。

她看着……

她看着他们。

沉默。

旅馆的走廊。夜晚。

她在那里，沙塔拉那位不知疲倦、不眠不休的女人。那位沙滩上的女人，女疯子，始终处于过分警觉之中，她也穿着加尔各答那黑色的衣服。她停下，看着。听着，注意着，空荡的剧场门后的墙，沙塔拉的旅馆。她听不见声音，什么也听不见，仅仅听见无法听见的东西，空中的敲击声，死者的喧闹声，沙塔拉的声音。

她又出发了。

走廊里又变得空空荡荡。

声音又谈起已经变成废墟的舞会。

声音一

那位姑娘知道人家要害她吗?

声音二(犹豫不决)

知道。

声音一

……人家要杀她吗?

没有回答。

沉默。

外边，灰蒙蒙的天空。棉絮般的雾。不确定的地方。

一个白痴靠着墙坐在台阶上，十分专心地看着她周围的一切：沙塔拉的年轻姑娘，被称作L.V.S.。没有盯着舞会上的那对情人——就在那里。她的目光有着天使般的温柔，呆滞滞的。光秃秃的深渊里没有任何记忆。声音贴着脸打听：

声音一

他没有再回来过?

声音二

从来没有。

声音一

他跟着另一个女人去了印度？

声音二

是的。她死后，他离开了印度，结了婚，有了孩子。

沉默。

灰色的天空。

这里是沙滩中间的石板路，走起来十分费力。空空荡荡，好像也被纳入了静止不动的睡眠之中。沉闷的声音。

痛苦。

声音一

天亮了吗？

声音二

天灰蒙蒙的。

阴得厉害。

沉默。

声音二

不要再想了……
到我身边来……

沉默。

声音一（痛苦地，痛苦地）

那是怎样的爱情呀。
怎样的欲望……不可思议……
太可怕了……

沉默。

旅行者。他依然迈着缓慢规整的步伐，穿过灰蒙蒙的地方。他向旅馆斜插过去。他走了过去，灰蒙蒙的天空下是灰色的沙滩，除此之外，别无其他新东西。远处是大海，海浪声永远不会停止。

声音，两个声音颠倒了：刚才事事通晓的声音现在竟一无所知，刚才询问的声音现在在回答。

声音二

他在那里待了三天三夜……

声音一

你知道，他是来这里自杀的，结果看见了她。

他看见她还在这里……

声音二

她在这里已经待了很长时间。

声音一（停顿片刻）

是的。

沉默。

L. V. S. 独自一人坐在那里，面朝大海，背靠栏杆，看着地面。

有人从远处看见了她。

疯子。他停在海边，朝旅馆看。

旅行者。他又从那条路向旅馆走来。

声音一

天气真冷……

声音二

我点了一堆火。
靠近点儿……

声音一(停顿片刻)

真奇怪，有时我认不出你……
有时，我又想起一些并不太熟悉的事情。

沉默。

声音一

她一直没有痊愈?

声音二

一直没有。

停顿片刻。

声音一

可是这几天人们总是在旅馆附近看见她……
似乎一次比一次近……

声音二

似乎是……

沉默。

声音二

我也是，我有时会有另外的记忆……

沉默。

旅行者在大厅里，面对阳台。阳台门开着。旅行者背对我们，盯着沙滩上的某个地方。大海的喧嚣在墙壁间回响。

沉默。

声音二

好像有人……

声音一

没有……只有沙滩……大海……其他什么都没有……

沉默。

声音一

今天，空气中可以嗅到咸味，碘味……
你没觉得吗？

沉默。

声音一

我们一想到当时的情景……
多么深沉的爱情……
多么强烈的欲望……

旅行者始终在观看。

沉默。

声音一

你依然渴望着死亡吗？

声音二（停顿片刻）

是的。
然后，我忘了……
我看着……

旅行者始终在观看。

声音一

他依然爱着她……

声音二

……通过其他女人，其他爱情。

沉默。

旅行者始终在观看沙滩上的某个地方。

沉默。

这不，他们走过来了。雾中，只能看得模模糊糊，是他们，沙塔拉的疯子们，沙塔拉根深蒂固的居民们：疯子，L. V. S.，女人，年轻男子。他们鱼贯而行，迈着相同的缓慢的步伐。他们往前走着，过去了。

旅行者始终在观看。

声音二

从前还有其他名字……
其他地方……
从前一直到小河边都是沙塔拉……
现在，过了小河还是沙塔拉……

沉默。

我们打破了大厅里的凝滞走了出去，走过阳台。我们和行走的疯子们之间，除了凝固的空气，别无他物。同一支舒缓的芭蕾舞曲。他们往前走，大海汹涌，空中回荡着波涛声。他们一起走了过去，没有其他人。没有一句话，没有一瞥目光，彼此始终保持着相同的距离。人群在漫步，在安详地散步，通向（缺词）。

最后一个经过的是最年轻的青年。

然后便一切皆无，只有大海，沙滩，声音突然在平淡无奇之中活跃起来，流动起来，被大海吞没。

声音一

那边，大海上有阳光……
今天早晨，有一只死狗……

声音二

我看见啦。

声音一

我想你看见啦……
大海冲走了死狗。

沉默。

声音一

阳光过后，那边下起了雨。

始终是这股味道，海藻和雨水的味道……

沉默，痛苦重新涌来：

声音一

她爱他胜过世界上的一切。

声音二

是的。
甚至对他弃她而去也表示理解。
理解他杀死她。

沉默。

声音二

你在哭什么？

声音一

哭这一切……

沉默。

声音一

那是怎样的爱情呀……
完整……

永恒……

沉默。

旅馆的走廊，白昼。

旅行者走过，朝他的房间走去，消失了。

走廊里空无一人。走廊尽头突然出现了一个影子：那个女人。她快步走过来，停下，四面听了听。然后又走了，不见了。

旅馆的走廊。夜晚。一间房门开着，里边射出灯光。身影穿过灯光，然后就看不见了，又转了回来，然后又看不见了。我们是否就在声音附近？也许，声音在谈论，在彼此交谈。

声音一

其中有一个……你知道吗？“身体裸露，黑色的头发”……她对一切都了如指掌……她们总是在一起。

声音二（停顿片刻）

啊，对啦……她有个德国名字？

声音一

是的……

声音二

她有许多情人，有财产……结过好几次婚……

声音一

是的……最后一次……在这里……沙塔拉……

声音二

是的……嫁给了一名医生。

沉默。

声音一

她们上中学时就认识了……

沉默。

声音一

“在蓝色的太阳伞的光线下……赤脚走在露天酒吧的石板上……穿着夏天的裙子……”

停顿片刻。

你还记得吗？

沉默。

声音二

那是怎样的生活啊……

沉默。

一个女人在黑暗的旅馆的某个地方唱起歌来，那是沙塔拉之歌。

声音一

我们怎么知道自己没有死?

声音二

我听见你在呼吸……

女人的歌声。

旅馆的一个房间。矮桌，椅子，光线不好。桌上放着假花，花色墙纸，乱七八糟的前厅，沙塔拉女人的房间。她就在那里，穿着黑裙子。她坐在地上唱着沙塔拉之歌。她没有唱歌词，仅仅机械地、愚蠢地哼着曲子，声嘶力竭。她挣扎着，跟曲子对抗，想把它从舞会中移出，从死亡中挖掘出，想让这媚药般的曲子散去。

曲子回荡着，撞击着屋墙，然而却不散去。女人摇晃着头，让曲子流出，喷出。她哼着曲子，无休无止。

掩盖了整个荒芜的沙塔拉。

另一个房间，旅行者听见了歌声。旅行者倾听着沙塔拉之歌，凝神倾听着被他们处以极刑的赞美曲。他们就是沙塔拉舞会上的那对情人。

她死于印度，蓝色的双眼暗淡无光，死掉了。

外边，L. V. S. 靠墙站着，她也在倾听那欲望的赞歌。她的身体随着沙塔拉之歌的节奏摇晃，脸上露出微笑，头一动不动。

女人在她的藏身之地，唱着，歌声越来越嘹亮，更加嘹亮，然后就不唱了，正唱得起劲时一下子就停住了。她张着大嘴，看着她的眼前，久久地呆在那里……

旅行者在自己的房间，继续倾听沙塔拉之歌留下的沉默。一动也不动地待了很长时间。

她葬在了那里的石碑下。周围，恒河拐向大海。通往大海的黑水之路。在弯弯曲曲的柔情环抱中，她葬在了英国公墓。腐朽了的欲望。

旅行者，一动不动地倾听着那片寂静。

黑白照片。

很可怕。太吓人啦：

L. V. S. 十八岁。

她注视着沙塔拉舞会上的那对情人。

嘴巴喊出声音，眼睛因为发现了情欲那耀眼的形状而瞪大，被灼伤：看着并跟随着那对情人。

久久的沉默。

声音二

那个有德国名字的姑娘怎么说？

声音一

她说已经……历来……这位沙塔拉姑娘的感情世界都与众不同……

沉默。

白纸。一只手写下了“沙塔拉”。停下，再写，一连写了两次。

“沙塔拉”，“十月三十日于沙塔拉”。

“不要到这里来（停顿）。不要为任何事后悔（停顿）。告诉我（删掉）。我待在沙塔拉，永远、永远在这里。”

手又抬起来了。

远处传来了汽笛声。

（加尔各答的）码头。大海。夜晚。

汽笛声穿越其中。

旅行者坐在一张桌子前。

桌上放着写好的信，已经无法辨认。

写信人是旅行者。

他就在窗前，背对着我们。整个窗户对着沙塔拉打开：漆黑一团。

沉默。

走廊。就是前文所说的走廊。房间里射出相同的灯光，这一次却没有人影。

旅行者来了，走过去，转过身看了看灯光又继续往前走，消失了，走廊里空无一人。

声音二

后来，舞会之后，她与一位音乐家结了婚，有了孩子……是吗……

声音一

是的。在其他地方，有好几年时间。然后第二次结婚……你还记得吗?

声音二

对啦……出了电影院……她跟着一对情人……

声音一

是的……然后那辆救护车从黑麦田里把她弄了回来……

远处，一座低矮的城市已经笼罩在夕阳之中。两条小河从城市中穿过。

一条路渐渐升高，旅行者走着。

那条路俯瞰着大海和一片明亮、宽阔的沙滩。

这边的地基在抬高，一片昏暗；那边很远的城市里烟云一片。

声音二

过去……在其他地方……沙塔拉曾经有其他名字……

声音一

是的。

旅行者来到一座方形房屋附近，房门紧闭，百叶窗关严。

花园一片荒芜，无法入内，沙丘上的野草长得很高。

旅行者的手机械地放在铁门上。门开了：原来没有锁。旅行者突然松手，大门又回到原地，自己闭上了。他害怕。

旅行者离开了。他转过身子，好像听见了什么。他沿着海岸走下去，不见了。

有人第一次叫出了他的名字。

声音一

麦克·理查逊夏天来到沙塔拉。

声音二

印度女人很少来这里。
那年夏天……

沉默。

那是怎样的爱情……
没有痛苦……
没有任何痛苦的迹象……

沉默。

黑色的别墅紧闭着。是那种令人伤心的美好时代的风格。被称作：帕拉迪奥别墅、佩萨纳别墅、巴尔莫勒尔别墅。雕塑，齿形装饰，镶嵌瓷砖，阳台，柱子，五彩缤纷。

远处是大海，警觉的家犬在叫。那沙塔拉夏日巨大的牧场正在沉睡。

路越来越高。旅行者继续往前走，迈着缓慢规整的步伐从海岸上走下来，不见了。

夜晚。大厅。

旅行者走进灯火通明的大厅。幽灵一般的地方，一排躺椅面对大海，上边空无一人。风。有人坐在昏暗的地方：是沙滩上的女人。依然涂脂抹粉。

她看着旅行者走来。

旅行者看见了她，停下来，然后继续往前走，穿过大厅。

女人

晚上好。

旅行者（轻声地）

晚上好。

旅行者向阳台走去，然后折回来，在女人附近停下，面向她。她没有看他。

我们看到了整个过程：女人面朝大门，旅行者面朝女人。会客厅的灯光，微开的房门对着漆黑的夜晚。黑洞洞的夜空中传来大海的波涛声。

女人开口说话，始终没有看他。

女人

你来沙塔拉干什么？

旅行者（停顿片刻）

旅行（停顿）。

沉默。静止。

静止中，沙塔拉死灰般的舞会影像闯了进来。

大海的波涛声消失了。灯火通明，亮如白昼。

我们在大厅靠海的角落里，从微开的门往外看是漆黑的夜晚。

绿色的植物被掀翻在地。

酒吧。竖立着长方形的冷餐桌，上边铺着白色裹尸布一样的桌布。桌上还残留着冷餐后的一派狼藉；喝空的酒杯，翻倒的香槟酒瓶，烟灰缸满满的，鲜花，许多花瓶都被掀翻，鲜花已经凋零，蔫蔫的花瓣也随着这一切飘落。

沙塔拉姑娘们的白色花边披肩也混杂其中，白色披肩中，还有疯女人的黑披肩。

这里曾经有人要逃跑，去追随别人，逃跑时掀翻了所有东西。在日本和式屏风和桌子之间，沙塔拉的姑娘雕塑般呆立过的地方空空荡荡。

阳台的门开着，风，黑白两色的披肩在风中飘动。

我们看不见舞厅的门。

我们弯下腰，在地面上寻找记忆：

那里，灰尘，烟灰缸。姑娘的粉盒打开着。跳舞时撕下的几片黑色珠罗纱，是女人裙子上的（安娜-玛丽·斯特雷特的裙子就是用黑色珠罗纱做的，她是法国驻印度大使的妻子）。

就在那里，黎明时分，有人被显然不可能发生的事情惊得目瞪口呆，跌倒在地。坠落的花瓣连成一条线，可以想象到当时的场面。细长的花茎一个个被折断，被昏倒在欲望中的身体碾压过。

远处是大海玻璃般的绿色。

一片寂静。

声音一

你听到了吗？……这首曲子……

声音二（停顿片刻）

没有……什么也没有听见……

声音一

仔细听……

寂静。始终是断断续续的波涛声。

声音二

我什么都听不见……一点儿都听不见……

沉默。

声音一

那时……有一首曲子……你还记得吗……

声音二

在哪儿……

声音一

那年夏天……有一首舞曲……在这里，在沙塔拉，人们总在演奏这首曲子……

声音二（停顿片刻）

在舞会上?

声音一

是的……

沉默。

声音一（非常缓慢地）

那是怎样的爱情呀……
那场舞会……
怎样的欲望呀……

沉默。

声音一

没有痛苦。
没有任何痛苦的迹象。

沉默。

夜晚。一座房子。周围是花园。可以看到这座房子的大轮廓，是正方形的。黑色的正面在花园中显现出来，嵌在上面的窗户灯火通明，打开的大门两边，窗户分布得很均匀。一直到屋顶，住所都笼罩在同样的灯光里，有同样的“热度”。

这里的住所集L. V. S. “结婚及生儿育女后”的所有住所于一身。从她第二次结婚(最后的堕落)前，到她跟随从“电影院出来的情人”之后的所有住所。

杂乱的喧闹声从住所传出，是一个小姑娘的声音，她在讲什么，我们听不明白。她幸福地笑着，杂乱的脚步和日常的交谈，有人在反复弹奏简单的钢琴练习曲(《纳塔丽·格朗热》那部电影的练习曲从另一个住所传出，就是那座从里面看到的住所，那里充满热情和生活的气息)。

恐惧。

“这座房子流溢着幸福。”

L. V. S. 融入整座房子，她是这一切的保证人：她就是幸福的传播者，是潜入沙塔拉的女人，是那位冷若冰霜、却又柔情似水的女子。

恐惧：L. V. S. 那座既温馨又热情的住所隐藏着一股无声的龙卷风，停歇在沙塔拉死灰般的舞会上。

黑色。

所谓的施瓦茨镜头，失败的镜头被用在这里。

这是一片难以辨认、无法定义、平平坦坦的空间。话又说回来，那一定是大海，天空，黑夜，那些种子般大小刚刚能分辨出的东西。声音就在那儿，在高低不同棉絮般浑浊不清的若明若暗之中。它们现在谈论起自己。爱情在这里散发，欲望的源泉可以追溯到印度，追溯到那片空白。

声音二

你真美……穿着这身白衣服……太让人吃惊了……

声音一

我想去拜访恒河女子……

沉默。

声音二

我是多么爱你……
多么渴望得到你……

沉默。

大厅。女人依然坐在那儿。旅行者始终站在那儿看她。他们依然一言不发地待在那里，一动不动。

（加尔各答）荒芜的码头。路灯。空无一人。

声音一

始终那么宁静……心不在焉……她待在那儿，待在炎热烦闷的热带季风地区……穿着黑衣……

大使馆的花园对着恒河。

沉默。

声音二

那些铁丝网？

声音一

网球场。

声音二

花的香味？

声音一

麻风病。

沉默。

声音二

拉合尔漆黑的夜晚。

沙塔拉的白昼。网球场，沙塔拉的网球场笼罩在冬日的阳光中。我们从空洞中走出，印度在我们身后合拢。那时确实是白昼，沙塔拉空空荡荡的网球场，四周被高高的铁丝网拦着。透过铁丝网，沙塔拉山丘上的别墅错落有致，门窗紧闭。

来自印度的最后的敲击：一辆红色的女式自行车靠在铁丝网上。（法国驻印度大使馆的花园里，大使夫人的自行车也靠在空荡的网球场的铁丝网上。）

网球场的铁丝网和山丘之间，一位老妇人坐在石板路旁的长凳上，手里拿着大衣，手包，明亮的帽子。她好像在冬日的阳光中昏昏欲睡。沙塔拉的女幽灵，她从哪里钻出来的？她什么都不看，没有注意那辆红色自行车。

石板路上，旅行者迎面走来。他始终迈着同样的步伐，规整，缓慢。

没有看见红色自行车。

他正在经过画面。

钢琴正在用低音弹奏沙塔拉之歌的最后节拍。渴望的声音一说：

声音一

麦克·理查逊有时也在晚上弹钢琴，弹奏沙塔拉之歌。

他又从沙塔拉经过。安娜-玛丽·斯特雷特——法国大使夫人——那辆红色自行车就在那里，沐浴在冬日的阳光中。他从自行车旁走过，直到死都不会再看到它了。他又一次经过，就要离去。那位在冬日的阳光里昏昏欲睡的妇人始终什么都不再看。《蓝月亮》正在逝去。安娜-玛丽·斯特雷特死在那里。她葬在英国公墓，坟墓散发着麻风病的玫瑰香。凋零了。

《蓝月亮》结束了。
鸣叫的海鸥苏醒了。

沙塔拉这边的大海。清新，波涛起伏。

电影又在沙塔拉的白骨的西部重新开拍。连续不断地播放着海鸥，北大西洋的海鸥。饥饿的海鸥在海水泛起的白沫上空盘旋，叫成一片。

声音又回来了，从空洞中传出，沉沉地，好像醉了似的。

声音一

其他地方的生活是否还在继续?

声音二（停顿片刻）

是的。

大海，退潮了。白昼，灰蒙蒙的。

疯子。他在那里，他原来在行走，现在还在行走。他没有扎进印度的阳光。他完全处在迷茫之中，不停地在沙塔拉出现。由于他，电影重新在沙塔拉上演。

声音一

他在做什么?

声音二

你知道的，他在守护。

声音一

大海吗？

声音二（犹豫）

不是。

声音一

变幻的光线？

声音二（犹豫）

不是……

声音一

水的流动？

声音二（犹豫）

不是……

声音一

记忆……

声音二

啊，也许是吧……也许吧……

沉默。

一座白色的方形建筑，是一家旅馆，窗户紧闭：记忆的掩蔽所，无法进入。

女人。在漆黑一团的房间里，她始终在守夜，在倾听，在监视，窥探着已经逝去的记忆。

大厅。夜晚。

始终是那样的光线，大厅里，时间永驻。柱子。失去光泽的镜子。昏暗的光线。车站的大厅。候车厅。大海声在墙壁间回荡，那打开又关闭的空间正在沉陷。

有人在走动，从大厅后面走出来。

是旅行者。他穿过大厅，又拐了回来，不见了。

惟有空空荡荡的大厅。

我们听见一扇门打开了，随后是脚步声。停下，迈步，朝这边走来。

疯子。是他。我们不知道他来干什么。他看着，环视着大厅。迈步，又停下，四下观望。

他环顾四周，用手在空中划了个圆圈，划出一个又圆又大的空间：舞池。他朝阳台走去，然后又折回来，被封闭大厅里的场景惊呆了，一动不动。

沙塔拉之歌的第一个节拍从他口中飘出。停顿。

然后再来一遍。第一句唱了好几次。疯子，所有的记忆穿过他那疯子的空洞的身躯。记忆穿过什么也记不住的脑袋，与墙壁融为一体。

动物般的躯体跳起了《蓝月亮》的第一节。

脑袋唱着歌，在歌声中前行。身躯跳着舞，跟随着唱歌的脑袋。疯子怀里搂着臆想中的女人。

女人在昏暗的房间，听疯子唱歌。

疯子在跳舞，有些暴躁。沉重的身体在缓慢的节奏中舞动。

声音一

姑娘哪儿去了？

声音二

在酒吧的绿色植物后边。
她看着他们……
她在看……

疯子突然回头看看身后，又投入舞蹈之中。他一边唱一边跳，再也不停止。

旅馆的走廊。几乎一片昏暗。裙子的窸窣声，轻轻的脚步声。透过黑色的珠罗纱，金属亮片闪闪发光。是旅馆的女人，沙塔拉的不眠者。

她朝前走，朝着歌声，朝着遗失在空空荡荡的旅馆中的发声点走去。她穿着黑色的荷叶边裙，她知道如何掩藏起自己，清清楚楚——她的黑发染黑的头发——她往前走，穿越时间。她能够穿越认知的空间。

大厅里，疯子转过身。很久。

声音一

姑娘知道人家要抛弃她吗？

声音二

是的。姑娘明白了。

沉默。

声音二

不要再哭泣……
不要再害怕……

沉默。

他停下来，恐惧地喊道：

疯子

谁在那里？谁在那里？

脚步声。

旅行者从大厅的昏暗处走来，径直朝疯子走来。疯子第一次看到他：他认不出现在的旅行者。他认出了与现在隔断的、从前的某个人。旅行者走到他身边，他们互相打量。

疯子被瞬间的记忆惊醒，他低声但完整地说出：

疯子

麦克·理查逊……
你，原来是你……
印度的男人……

旅行者转过身去，望着大海。

久久的沉默。

旅馆深处传来高跟鞋的嗒嗒声：是女人。

他们跳了起来，很害怕。有人来啦。他们等待着。

她来了。

她突然从昏暗的光线中现身。她朝疯子微笑，看着他，向他走去。他们看着她走过来，转向她，被恐惧钉在原地。

疯子看着她，忘记了闪现在记忆中的“火花”。他呆若木鸡，对自己所引起的这场意外依然恐慌不安。然而他已经把刚刚发生的意外忘得一干二净，无论如何也叫不出名字。他与意外分开了，看着女人，不再恐惧：他刚才还很害怕。女人的微笑把恐惧从疯子的身体中驱逐出去。

疯子的恐惧已经完全被驱逐出去。疯子动了动，转过身子，望着黑色的沙滩，看见了什么，然后说道：

疯子

她在寻我……她看见了灯光……她来了……

沉默。

他们没有接他的话头。他指了指躺椅。

疯子

我们只要等着她就行了……

沉默。

旅馆的台阶。栅栏。L. V. S. 的住所。沙塔拉漆黑的夜晚。

她来了，慢慢走进画面，悄然无声，带着迟钝的梦魇，突然被灯光惊呆，她走了过来。她观看着，走过来，走向灯光的动作都没有做完。她看见灯光，待在那里。再也去不了其他地方。她边看边向上走了两个台阶，背靠着墙坐下，等待着。

脸上流淌着眼泪，然而面部线条却不似在哭泣。没有任何痛苦的迹象，没有任何痛苦。哭泣的身体如同疯子跳舞的身体。晃动的身体感觉不到痛苦。

睡意袭来：海潮声，海水费劲地冲击着凹凸不平的沙滩，使满面泪水的人睡去。眼睛轻轻地眨了眨，闭上了，这里如同宁静、温暖的房间。风、寒冷如同痛苦，她早已感觉不到。

她睡着了。

大厅里，他们坐在扶手椅上，按照疯子的意愿等待着她。他们等待着那个什么地方都去不了的女人，因此什么也等不到。她也一样，她就在离他们几米远的地方等着——这样的等待慢慢逝去，变得毫无意义。

他们好久都不说一句话。然后女人问旅行者。

女人

他认出你了吗，他？

旅行者回答。

旅行者

是的。（停顿片刻）有那么几秒钟时间。

又是一阵沉默。

疯子听见了。他看着他们，不明白他们在说什么，也不试图弄明白。他又恢复了常态，那个空洞的身躯，说话声从他身上穿过时，词汇的所有意义都在那里失掉，被吞没，疯子等待着。依然等待着。他并不知道在等待什么。他等待着。

白昼。灰暗。忧郁。

大海很平静。紧贴着海面，是刚刚露出不久的沙滩。正是退潮时间。远处的海面上出现了黑色的木柱子，构成了很有规律的图形：战争期间被轰炸的市立娱乐厅的残骸。

女人。白色和黑色。衣衫褴褛，依然是那件黑色的盛装，她的皮肤在日光中显得很白。她停了下来，转过身子看着我们，注视着。

声音二

你不再吃饭……你睡不好觉……

声音一

因为愤怒。

声音二

对谁愤怒？

声音一

上帝。众所周知的上帝。

沉默。

声音二

我多么爱你……多么想得到你……

沉默。

女人不再观看，走过去。

走了过去。

依旧是大海。依旧不尽相同。色彩。白色的木桨上下翻腾。风。远处，大海撞击防波堤，掀起浪花。近处，巨大的响声扑面而来，清新无比。

疯子们坐在那里：L. V. S. 和青年男子面朝大海。

女人和疯子朝不同的方向走去，擦肩而过，看也不看对方一眼。

沙滩。远处，碉堡般的旅馆。旅行者走过他与旅馆之间的沙滩，他在沙滩上走来走去的理由永远也不会说明。光线很强。

刚才女人注视的一定是他。

声音突然间暴躁起来，同时也充满活力。灿烂无比。

声音二

你还记得吗？

声音一

那里是沙滩王国。

风的王国。

声音二

大海的后面是田野。夏天，我们乘着火车穿过那里去度假。

声音一

是这样。

沉默。

旅行者一直向门窗关闭的旅馆里的那帮人走去。他的身影渐渐地从沙滩上消失。

石板路上空空荡荡，尽头是网球场。

石板路。依旧是相同的空空荡荡，尽头是门窗关闭的旅馆。

声音最初还生机勃勃，然后又一次平息。

声音一

一想到当时的情形……当时有……他……麦克·理查逊……（沉默）……安娜-玛丽·斯特雷特……（沉默）劳儿·瓦·施泰因……（沉默）……还有那些小女孩，伊里娜、萨拉……（沉默）……有塔佳娜·卡尔……和其他人……其他所有人……印度来的那些人……那些音乐家……那些人……所有那些人……和所有的节庆……那些舞会……

沙塔拉市立娱乐厅的穹顶，所有的节庆和舞会都在那里举行。固定的灰色画面。

头顶，凝固不动的天空中挂着苍白的月亮，沙塔拉的“疯子们的月亮”。

声音二

你多大年龄?

声音一

十八岁。

沉默。

能够记起往事的是那个十八岁的人的声音。

旅行者的房间。从关闭的百叶窗照射进来的缕缕阳光中，旅行者和衣而卧。我们看见了他的脸庞，他闭着双眼。

他床脚下乱七八糟的稿纸上，有一小瓶白色粉末。

旅行者自杀了?

沙滩。白昼。L. V. S. 和女人站着，通过墙往旅馆里看。女人的目光里流露出不安。L. V. S. 的眼里也闪着女人的那种不安。然而只是机械的、没有含义的不安。

旅行者自杀了吗?

旅行者的房间。

沉默。

他的右手缓慢艰难地动了一下，向那叠纸伸去，拿起了什么东西：

旅行者还活着。旅行者没有自杀。

沙滩。白昼。女人透过墙壁看见旅行者还活着。她看起来很幸福，微笑着。看见她笑，L. V. S. 也笑了，目光从旅馆的正面收回。

她们动了，慢慢地远去。

远处是平静的大海，潮退了。

房间里。旅行者从纸堆里拿起的是 L. V. S. 的另一张照片。十八岁。舞会前。也许是上中学时的照片。L. V. S. 穿着白色的衣服。

照片从手指间滑落，又掉在那堆纸上。旅行者恢复原状：一动不动。

旅馆。昏暗的碉堡。盛放着沙塔拉死去舞会的回忆的碉堡。

沉默。

声音一（缓慢地）

无论是怎样的过去……
无论是怎样的爱情……我都记得……

说话的是那个十八岁的声音。

所有记忆的白盒子。空空如也。白色的旅馆。

声音二（缓慢地重复）

无论是怎样的过去……无论是怎样的爱

情……

声音二

是的。

沉默。

沙滩。水洼。一切都失去了颜色。土灰色。

L. V. S. 和疯子经过，他们也脱色了。他们互相追随。L. V. S. 触摸到疯子的胳膊，推着疯子往前走。他们朝我们这边瞧了瞧，好像有点不安。继续走。他们麻木不仁，无法辨认，行走在他们从前的故事中。

旅馆的走廊。日光。

女人面对着我们。

她今天异常美丽。

旅行者突然出现在她身后的楼梯上，朝房间走去。

女人听着他行走，依然背对着他。她看不见他，她突然不动了，开口说话。

女人

麦克 · 理查逊。
印度的男人。

旅行者停下脚步，转过身来，看着女人。

她没有动。

旅行者

你认出我了吗？

女人停顿了片刻才回答，始终不看他。

女人

没有。仅仅在一瞬间。

和疯子的话一模一样。然而女人说的是自己的话。她突然消沉起来。

女人既是忘却，也是记忆。她永远在自己身上的记忆与忘却之间摇摆。

夜晚。沙滩。

沙塔拉突然间沉进夜色。淡红色的夜晚。不同寻常。

这里的沙滩，我们不太认得出，肯定是旅馆门厅前靠近木栅栏的那片沙滩，照不进阳光的空间。

有个黑影走进镜头。L. V. S. 双手轻轻地放在脸上，神情好像有点吃惊，她走过去。走在石板路上，向旅馆斜插过去。她始终拖着软弱无力的步子。今天晚上，她一个人。

旅馆的院子。L. V. S. 进了门，走进了院子。记忆中的地方一片昏暗。L. V. S. 离开那条斜路，在草坪上行走。她继续无休止地往前走。她绕着旅馆前行。现在我们不再跟随她。黑暗吞掉了她。

黑暗。声音。

声音一

远处，有人在叫。

声音二

哪里?

声音一

恒河那边……

声音二

一个女人?

声音一

是的……她在行走……在季风期的炎热里。她前行……她行走……

声音二

她在喊什么?

声音一

不连贯的话……她在笑……

沉默。

L. V. S. 朝大厅走去，始终难以辨认。她所在的地方，沙塔拉的黑暗之中，我们听见有人在喊叫，是恒河那边的喊叫声。在那里，有人在笑，在这里，我们听见了笑声。

她果真死了吗，那个在灯火通明的舞会之夜穿过沙塔拉，把沙塔拉那对情人分开的姑娘？她果真没有伤害别人，果真躲藏在她远在印度的洞穴里吗？是的，在季风期那灰蒙蒙的天空中，她没有声音。不是，肯定是其他人，是三角洲的女乞丐，她也疯了，被遗忘在夏利玛的花园里。她喊叫，自己却听不见，她发笑，自己却感觉不到。是的，就是她，饥饿与痛苦接连降临在她身上。因此，从今以后，除了那些不连贯的话，那些无法判断、无法感觉到的喊声和笑声，她一无所有。是的，肯定就是她。证据便是大使夫人在热带季风期里坐着黑色蓝旗亚汽车出行，去三角洲的某个地方。是的，肯定是那个至今还留在那里苟延残喘又早已经被遗忘的人，她叫喊并不是要求得到某种应该得到的东西，而是因为处在神经质的癫狂之中。也许是一位葬在那里的女子的背影，在她为之哭泣的麻风病区，在同样的天空下，她们患上了相同的瘟疫。她们两人腐烂的面孔依然保留着智慧与沉默。

这里听到了那里的喊声与笑声，它们没有中断。仅此一点就可以说明现在正在叙述的故事正是她们在沙塔拉的第三个精神空间进行交流的证据：声音一。

沙塔拉，旅馆的花园里始终一片黑暗。

旅馆的门厅。又看见了 L. V. S. 。她又一次从黑暗中出现，透过大厅门窗射出的灯光，我们认出了她。她已经前进，还将穿越恒河与沙塔拉交融的夜色继续前进。她离大厅的旋转门很近。她停在一扇很矮的窗户前，透过玻璃往里看。我们看不见她看的东西，她又向旋转门走去。走到门边，停在那儿，好像被挂在门上似的，她举起双手，平放在玻璃上，停留了片刻。然后一下子跨了过去，推开，进去。什么地方都去不了的女人走进了大厅。

大厅。与检疫站令人不快的光线相同，黄色的光线从天花板上落下。光秃秃、平滑的地方，到处都是散乱的皮扶手椅。阳台的门开着，它是大厅永恒的门，风，大海的声音冲刷着墙壁。

L. V. S. 走进大厅，这里现在是沙塔拉的旅行者的住所。

随之传来沙塔拉的赞歌，钢琴的哭泣声。整个赞歌，开始时声音很低，刚好能听见：《蓝月亮》。

L. V. S. 在大厅里往前走，一定听到了歌声。对啦，她听到了走向死亡的赞歌。有人在那儿，在柱子后边的镜子旁，迷失在深处。我们与其说看到了他，不如说猜测到他在那儿。他坐在长沙发上，双手抱头，完全绝望的姿势，是沙塔拉的旅行者。

他听见旋转门的转动声，有人进来了。他一定知道是她。他没有动。一定是他们，劳儿 · 瓦 · 施泰因和麦克 · 理查逊之间的约会，一次他们并不知晓的约会。她每天都来，“每一次都离旅馆更近些”，其中的缘由她并不清楚。这天晚上她又来了，他在那里，来赴这个并不知晓的约会。

钢琴哭诉着《蓝月亮》。始终如一。

女人。她在一个不确定的地方。我们从近处看见了她的脸，她在哭泣。她的双眼死灰一般，脸庞抽搐着，那是从沙塔拉逝去的舞会的血管中涌出的无情痛苦。她来赴情人的约会，沙塔拉第一对情人的约会。她那被损坏的脸庞，是欲望的伤口，永远无法弥合。

声音一（害怕地）

你在哪儿？

声音二（柔情地）

我在这里，你的身旁。

沉默。

声音一

我再也听不见海的声音……

声音二

你听见了什么？

声音一

逝去的舞会。

沉默。

L. V. S. 在大厅里走动。走动，观看，探索。依然是软弱的脚步，弯曲的膝盖好像缩了一截，折断了似的。逝去的舞会的场地上，她在观看。《蓝月亮》依然如故，是沙塔拉和恒河混合的情人们的《蓝月亮》。她往前走着，寻找着——那条石膏狗的口和鼻子都露出了石头。（刚才还在这里的另外一个女人去哪里了？）她向坐在镜子旁边的人走去。她面朝着他走，朝着他前行。沙塔拉之歌带着她前行。

和疯子的身体一样，L. V. S. 的身体被重新构建，却是通过脚步重建的。嘴里没有歌声，身子没有舞动。身体的关节要比疯子的僵硬许多，她在沙塔拉滞留的时间要长许多。L. V. S. 的身体是不透明的、关闭的。疯子的身体是空洞的。无论什么东西都无法穿越 L. V. S. 的身体，它被歌声完整地带到了一个地方，从今以后无法进入。已经终结。

她来到旅行者身旁。看着：

他抬起头，从双臂间露出头，看着她。他们对视着。我们从远处看见他们，他们的目光里空空洞洞。

我们只看到她走了。

她向舞池中央走去，任凭自己沿着大厅的柱子漫步。

他又把头放进双臂间。

她什么都不看，只看着他，这个活生生的人。

女人泪流满面，无声地紧闭双眼：伪装成另外一个人，安娜-玛丽·斯特雷特。《蓝月亮》在她身上流动、汹涌，震耳欲聋。

L. V. S. 靠着柱子，始终在看旅行者。《蓝月亮》依然全力奏响。声音在沙塔拉之歌中响起。

声音一

她竟然放走了他们……一句话也没有说？

声音二

一句话都没有说。

声音一（停顿片刻）

舞会快结束时，她叫喊过，我敢肯定……叫了什么？

声音二

她想随他们去，以便能永远看见他们。

声音一

……看见他们。

声音二

是的。
看见爱情。

《蓝月亮》声音很响。

声音一

他们没有听见她的叫声。

声音二

没有。

有人进来了，是疯子。她走到哪里，他就跟到哪里。她看什么，他就看什么。她看着旅行者，他们就一起看着那个好像备受折磨的人，他们不明白为什么。很长时间。

然后疯子走了出来，L. V. S. 起身跟随。

他们出去了。

旅行者待在那里。

沉默。

傍晚。我们不会看到那对情人约会后的第二天。

一扇半开的窗户。大概是旅行者房间的窗户。风很大，吹动着白纱窗帘，窗帘时而鼓起，时而卷在一起，时而从半开的窗户涌出。很长时间。

我们听见外边有脚步声。

这里是旅馆的院子。敞开的门厅，一条大道。再远一点，是夏日别墅那白色的栅栏。

又有脚步声。

一位夫人来了，穿着红色麂皮套装。栗色短发。手里拿着水貂皮衣、手提包、手套。她领着两个小孩，一个是十二岁左右的女孩，另一个是稍大一点的男孩。

他们走得飞快。

他们过去了，院子里又空无一人。

旅馆的走廊。

旅行者走出房间，来到走廊里。他走到楼梯附近，女人的声音叫住了他。

女人（画外音）

有人要见你。

她走出楼梯，来到旅行者身旁。他停下了。今天晚上，她异常美丽。

女人

大厅里有人要见你。是个女人。我告诉她你在房间里……

沙塔拉的汽笛声。

旅行者吓了一跳，寻找着声源。

旅行者

怎么回事？

女人

着火了。

旅行者

什么地方?

女人

远处。(停顿片刻)那里经常着火……总有地方着火……

她始终看着他。她谈到火时显得很年轻。

汽笛依然在叫。

旅行者掉转身子，女人看着他远去。

汽笛不叫了。

旅行者的房间。依然是黄昏的阳光。刚才看见的那个穿红衣服的夫人在那里，她在看旅行者写的信。

旅行者侧身靠着窗户。面前有一张桌子和一张办公桌，那封信就是在办公桌上写的，他在两张桌子中间。

夫人读了很长时间。

然后她把信放在桌上，等候片刻，说：

夫人

我不太明白……你不再……我甚至想一开始是不是……

沙塔拉又一次响起汽笛声。夫人有点害怕，喊道：

夫人

怎么回事?

旅行者

着火了。

夫人

什么地方?

旅行者

远处。

汽笛声停了，又恢复了平静。夫人接着说：

夫人

还有其他事情……我敢肯定还有其他事情。说给我听吧……求你啦……

没有回答。

夫人绕着桌子移动，走到旅行者身旁，又离开他，回来，走出画面。

又绕了回来。

夫人

已经多长时间了？

等了很久才回答。

旅行者

一直都是这样。

沉默，然后冷笑。

夫人

你在嘲讽我？

旅行者十分困难地回答。

旅行者

没有……（停顿片刻）我是说……我也是最近几天才知道的……

夫人

啊……

沉默。

她看着他。

夫人

你让我难过……

她又靠近他。

夫人

我希望得到解释……我觉得我有权利。（停顿片刻）你在指责我什么？……

她的声音有点沙哑。

等了好久才回答。

旅行者

……什么都没有……你要明白……只是一桩

很普通的事而已……

又一次冷笑。

夫人

你是故意的？

沉默。又恢复了温柔，痛苦地。

夫人

你是说……你是认真的？

旅行者轻轻地点了点头：是的。

夫人

啊……而我竟什么都没有怀疑过……

沉默。

夫人从画面上消失了。旅行者开始并不知道。然后慢慢地转向她，看着她回来。她又回来了，手里拿着装白粉的小瓶。她在旅行者面前摇晃。

夫人（低声地）

这是什么意思……

旅行者轻声地笑着。

旅行者

没什么意思……

沉默。

她盯着他看了很长时间，下定决心。

女人

我了解你……你不会那样做。

沉默。

她十分准确、干脆地把瓶子放在桌上，然后又一次下定决心——显而易见——准备就此打住。

她动了一下，拿起手提包、大衣、手套，说道：

夫人

孩子们在大厅。

她走了出去。

旅行者追出去。

房间里空无一人。

大厅。傍晚。

孩子们矗立在大厅中央。

夫人迈着僵硬的脚步穿过画面，不见了。

旅行者在我们看到前就停下了脚步。孩子们独自待在那儿。

沙塔拉传来汽笛声，谈话就在汽笛的鸣叫中进行。（警报声，警报声中止。）

旅行者（画外音）

我不会再回来了。

很长时间。

男孩

永远不回来？

旅行者（画外音，停顿片刻）

永远不。

汽笛声停了，又响起。

女孩

为什么？

旅行者没有回答。汽笛声。

男孩

为什么？

等了一会儿才回答，但说得非常清楚。

旅行者（画外音）

我什么都不想要了。

汽笛声越来越大，令人难以忍受。

大海在吼叫，我们听不清楚。

夫人

……你说什么……

孩子们一动不动，面对父亲，对汽笛声充耳不闻。

男孩

有人来啦。

女孩

是因为发生火灾啦。

汽笛在拼命地鸣叫着，一刻不停。

夫人，这位母亲进来了，突然出现在画面里，喊呀、叫呀，与汽笛声融成一片，她径直向孩子们走去，用手把他们抱住，推呀、摇呀。我们在叫喊中分辨出些许词语：

夫人

……离开这儿……受不了啦……过来……我害怕……过来……可是无论如何……你们……过来……害怕……

孩子们置若罔闻，一动不动，继续看着父亲。

她推他们，摇他们。汽笛始终在拼命地叫着。

她终于把两个孩子弄出了大厅。

他们走出画面。

画面里空空荡荡。

旋转门。门空转着。我们已经看不见他们。汽笛声越来越小，旋转门空转了很长时间。

门不再转，汽笛声也停了。

沉默。

沙滩。黄昏。

沙塔拉四位居民都站在那里，聚在旅馆的门厅周围。他们扬起头看着大厅，只有 L. V. S. 看着地面。距离夫人来访后已经有一段时间了。黄昏天空金色的晚霞与蔚蓝的大海相互映照。

旅行者的痛苦在蔓延，夫人的痛苦，孩子们的痛苦也一样。痛苦已经蔓延到整个沙塔拉。疯子们对自己的痛苦漠然无知，却能感受到旅行者的痛苦。他们待在那儿看着那个地方——大厅——他们在那里与孩子们告别，与他们已经离开了很长时间的事情告别，这些疯子尽管从来没有见识过这件事情，但未必不知道它的存在。也许他们仅仅感受到有人曾与这里的一切离别，因此，便有了创伤和痛苦。

他们一定看见了孩子们被夫人带走。他们看见旅行者并没有离开，到沙塔拉的其他地方去。他们看见了痛苦，此时此地，真真切切。

他们用自己的全部柔情和无知，试图把旅行者的痛苦带走，他们把他所受的痛苦放到自己身上，他们不懂得痛苦，于是痛苦便消失。

由于他们不能相爱，他们才有了动物式的怜悯，它源于最初自发的爱情。不会游泳的人却在游泳。爱情来自爱的想法之前。

这样的夜晚，与痛苦一样，爱情也在蔓延，从疯子们的血管里涌出。

夫人和孩子们来访时，声音沉寂了。声音又能说些什么呢？声音看见了吗？也许没有。声音醒来了，当沙塔拉重归它的居民时，声音又浮上地表。

声音一

今天是什么天气？

声音二

冬天的天气。

风停了。

这两句话否认并消解了意外的来访。

大厅。夕阳。

在没有沙滩与大海背景的画面里第一次出现了一排排窗户。金色和蓝色交错在一起。大厅里是否空无一人？我们没有看见一个人。

大厅。夜晚。

窗洞的灯光已经熄灭，一缕光线都没有。旅行者待在那里，他刚才就已经在那儿了：在我们开始没有注意到的角落。夫人和孩子们走后他肯定就已经在那里了。疯子们知道，他们透过墙壁看到了。他待在那里，被没顶的痛苦禁锢。

大厅的窗户。门。夜晚。

疯子们待在(院子的)窗户和旋转门的玻璃后面。他们往大厅里边看，寻找着旅行者，准备过去帮忙。他们的目光多温柔。他们找到了旅行者，那个痛苦的人。他们等待着允许他们进去的信号。

信号发出了：慢慢地，临终般地，旅行者从扶手椅上站起来，走出沉寂，向前，向疯子们走去。他停下脚步，看着他们。

我们听见疯子们欢呼着拥入大厅。

疯子们已经走进大厅。他们在旅行者面前排成一行。旅行者背对我们，他们面对面。首先开口的是女人，她的声音很大，始终是那种公开场合讲话的语调，就好像她在对许多人讲话，生怕别人听不见。她以大家的名义讲话。

这是疯子们给旅行者的欢迎仪式。女人是他们的发言人：他没有自杀，因此他成了沙塔拉的一员。他现在一无所有，因此他成了沙塔拉的一员。

女人

一个女人和孩子们来过。

停顿片刻。

他们走了。

沉默。

你也一样，你现在一无所有。

（这句话被以积极的意义说出。）

沉默。

女人指着L. V. S. 。

女人

她哭了。

旅行者（停顿片刻）

为什么要哭？

女人

她在为你哭泣。

疯子（好像远处的回音）

是的……

女人（继续说）

……为所有的一切哭泣。

疯子（回音般重复）

……是的……

沉默。
他们对视着。旅行者说话了。
有关其他话题。

旅行者

你们的手都是黑的。

疯子们看了看，发现他们的双手是黑的。他们原来并不知道。疯子们不知道自己就是纵火者：他们的存在就是要纵火，他们在哪里出现就在哪里纵火，他们靠近什么就点燃什么。

女人

是火灾。

疯子（回音般重复）

……火灾……

旅行者（停顿片刻）

人家在找你们。

女人

是的……

疯子（回音般重复）

……是的……

旅行者

人家要杀你们。

女人

我们不会死的。

疯子（回音般重复）

……我们不会……

很久才回答。

旅行者

也对。

沉默。
他们对视着，又回到最初的话题。

女人（接着说）

……你也一样，已经一无所有。

旅行者终于回答了。

旅行者

一无所有。

画面上，女人往前走了一步，疯子们也往前走了一步，一帮人都动了，然后停下来。

女人

你到这里自杀来啦？（没有回答）然后你就看见她依然在这里？（没有回答）她早就在这里了……

疯子（回音般重复）

……对……

没有回答。

女人（继续说）

你呢，你一定知道她就在这里……

沉默。

旅行者终于回答了。

旅行者

是的。

沉默。

他们对视着，仔细察看。

旅行者指了指疯子。

旅行者

他是谁？

女人（看着疯子）

他守护着我们。他守护着我们，重新把我们带回来。有时他会走出沙塔拉。这我们知道，我们等待着。

有时他会迷失方向……

疯子（回音般重复）

……我迷路了……忘记了时间……我害怕……

女人（指着疯子）

他疯了。

疯子（回音般重复）

……是的……

年轻男子（回音般重复）

……是的……

疯子（语调深沉，从远处飘来）

……大海涨潮时……我害怕……

长时间的沉默。

然后女人指着L. V. S.，解释她是谁：

女人

她当时很年轻……爱情……

疯子（回音般重复）

……爱情……

旅行者没有回答。沉默。

女人（停顿片刻）

我在旅馆还有一个房间。
而他们呢，他们已经没有房间了。
他们一无所有。

（用肯定句说出：他们拥有“一无所有”。）

疯子（回音般重复）

……一无所有……

沉默。旅行者又开口说话了：

旅行者（停顿片刻）

你们失去了记忆……

女人

是的。

疯子

……是的……

旅行者

所有的记忆?

女人

是的。

疯子

……是的……

女人

我们的记忆还在。

疯子

……对……

女人做了一个很大的手势，指着地面：这里。

女人（接着说）

……我们的记忆在向外蔓延……燃烧……

沉默。
他们不想再说话。女人看着旅行者。
疯子听着沙塔拉的声音。

疯子

听……有人在叫我们……

沉默。

旅行者

你们这就走吗？

疯子

……有人告诉你啦？……她得去睡觉或者去死……

他指着L.V.S.。

他们鱼贯而出，一下便走出大厅。

大厅。夜晚。

旅行者看着疯子们远去。

他们走了。

他待在那儿。

白昼。始终阴沉的天气。

旅馆的正面，窗户紧闭。穿着黑衣的女人在长长的阳台上。她紧张地看着沙塔拉，监视着沙塔拉的动静。

白昼。还是一样的白昼。

风中，L.V.S.依木板墙而坐。她独自一人，离海边非常近。

旅行者从L.V.S.右边走过，没有看见她。

L.V.S.慢慢站起来，朝旅行者的方向走去，开始跟随他：旅行者。

她就像疯子那样跟随，跟随。

女人始终坚守在旅馆的阳台上，看见了。

旅行者沿着锁着的更衣室旁边的石板路行走。身后是L. V. S.，她跟着他，却没有看他，仅仅跟着。

疯子。他在看。他看见L. V. S. 跟着旅行者，像动物一般警觉。他的目光既敏锐又空洞，他的目光专注，不愿意离开她。

声音好像刚从睡眠中醒来。

声音一

她在哪里？……看……

声音二（停顿片刻）

有人在海边走动……

声音一

一个女人？

声音二

是的，她跟着一个人。

声音一（停顿片刻）

旅行者？

声音二

是的。

声音一（停顿片刻）

她为什么要跟着他？

声音二

凡是动的……走的东西……她都跟着。

声音一（停顿片刻）

她不知道跟的是谁？

声音二（犹豫）

不知道。

声音一（停顿片刻）

她永远也不会知道？

声音二（停顿片刻）

永远不会。

沉默。

旅行者来到两堵白墙之间，中间有一条不知通往何处的大道。那边是沙塔拉市立娱乐厅的穹顶。旅行者由此经过，沿着大道向娱乐厅走去。

他的后边，L. V. S. 。

旅行者上路时，她开始还跟着他，然后就不见了，过了一会儿又回来了：她一定感觉到了，这是娱乐厅入口的方向。她永远都不应该从那里经过，她回来了，又走了。在沙塔拉，她有自己的漫步路线，她孱弱的双腿是不会欺骗她的。

她朝另外一个我们不知道、其他所有人都不知道的方向走去：那是她每日积极寻找死亡的方向，无穷无尽。

第二个声音乞求起来。

声音二

你是那么年轻，我那么爱你……

没有回答。

声音二（乞求着）

我爱你胜过世间的一切。

停顿。

第二个声音要求我们活下去。

没有回答。沉默。

第一个声音变得非常缓慢，非常低沉，筋疲力尽。

声音一

要是我请求你的话，你会同意杀了我吗？

对请死的要求，半天才有回答。回答是肯定的，显示了完整的、强烈的欲望，同样，这种欲望也把沙塔拉舞会的主人公们联系起来。

声音二

是的。

女人的房间。

刚才回答时，镜头正对着漆黑一团的房间里的女人。她站在那里。这个女人：永不停止地往返于记忆与忘却之间。她待在那里，注视着所有的欲望。她就是那个完整、强烈的欲望的源泉，沙塔拉欲望的源泉。

声音永远地停住了。大概那最后的请求已经被执行了吧。

那个渴望的声音(第一个)表达欲望时，是影像的电影与声音的电影惟一重叠的时间。这里，影像的电影触及了声音的电影，有一句话的工夫。然而这一接触却引发了死亡，声音的电影也同样被摧毁。

声音中的欲望——那个由渴望的声音表达，由声音二接受的欲望——与沙塔拉的欲望融为一体。强烈完整的沙塔拉的欲望，又被强烈完整地分摊在每个为之受折磨的人身上；因此无法分割，难以为继。

从前：要是麦克·理查逊和安娜-玛丽·斯特雷特能听到劳儿·瓦·施泰因的呼唤、叫喊声，说明他们还听得进自身欲望之外的反对声。他们没有听见她的呼叫，因为他们早已无法做到，他们已经什么都听不进去了。同样，L. V. S. 大喊着要随他们而去，要继续看着他们，是因为她坚信那种巨大的力量，那种失掉自己，融进他身体的欲望。于是，她大声呼唤那对情人，正是因为他们所在的地方什么都听不见。在这个地方，在荒诞不经，在平衡的失衡中，在这三段无论如何也无法融合的关系中待着 L. V. S. 。她在因为欲望而四分五裂的关系中心力衰竭。她的疯狂就在于，哪怕在呼唤时，她还相信这种分裂的情形终将与她告别，她也终将被接受。

现在：声音里的欲望就在这里，声音也一样是窥视者。欲望重新燃起，连绵不断，始终不变，所不同的是声音里的欲望同时由那三个生离死别的情人孕育。

在从前 L. V. S. 被遗弃的地方和广场上，渴望的声音不复存在。

和声音一块逝去的是静止的星形舞厅，沙塔拉的舞厅。静止在欲望关系中的生死离别被摧毁了、消失了：L. V. S. 在渴望的声音中逝去。这一切该结束了。

这样的死亡与结局和 L. V. S. 跟随旅行者的情景相吻合。还有其他的镜头，表达了 L. V. S. 对自己未来生活的沉醉。同时又是让人心烦的镜头，因为它证明了最初的空虚：她和疯子一样没有任何缘由地跟随着旅行者。希望的根源已经找到：她将永远不会再爱。

影像的电影的结局也已经来到。

通往沙塔拉市立娱乐厅大门的路。L. V. S. 绕过娱乐厅，她不想直接走进去。

她走上那条路，停下来朝窗口张望。

室内光线。市立娱乐厅。

宽阔、昏暗的地方，铺着绛红色的机织割绒地毯。落地玻璃窗。奇怪的嘈杂声使人想起沙塔拉之歌的几个调子。深处，旋转门还在转动。镜头正对着旅行者。他悄然无声地往前走，他在看着。远处，深沉的海浪声与嘈杂声混合在一起。

一个西装革履的男人看着旅行者走来。

旅行者好像没有看见他。

旅行者来到男人身旁，停下来，始终不看他一眼。

男人

您在找什么？

没有回答。旅行者开始看那个男人。

男人

我可以帮忙吗？

旅行者没有听，始终看着那人。也许他在沙塔拉市立娱乐厅的舞会上见过那人，现在认出来了。

旅行者

您在这里很久了吗?

男人

十七年了。(停顿片刻)您问这个干什么?

旅行者看着他，没有回答。

男人(停顿片刻)

您在找人吗?

旅行者盯着男人身后的走廊尽头。

旅行者(停顿片刻)

我随便看看。(停顿片刻)舞厅在那边吗?

男人

现在是冬天，没有舞会。

旅行者没有回答，始终看着走廊的尽头。

男人

如果您愿意，我可以指给您看。

旅行者没有回答。

男人

跟我来。

男人动身，走出画面。
旅行者随他而去。

舞厅。同样的光线。

沙塔拉的舞厅。早在他们进来以前，我们已经看见里边空空荡荡。舞池在下边，非常大。左边有个台子，放着一架紧闭的三角钢琴。沙发上有靠垫。一排玻璃窗对着沙滩，周围用栏杆围着。那里有许多圆桌、椅子，闪闪发光。所有的桌椅都是白色的，桌布漂浮不定，白色的睡莲在流体般的桌布上，仿佛置身昏暗的池塘。白色的日光从窗户射进来，模糊不清。窗户上面的壁灯被白色的日光罩上一片强烈的粉红色。粉红色的光照在桌子上的睡莲时又黯淡下来。飘动的波纹织物泛着光。

所有的家具都乱七八糟，桌子和椅子堆积如山。

我们听见脚步声，旅行者突然出现了。停下来，观看着。他走进舞池。娱乐厅的男人跟着他。

远处的大海始终在沉闷地拍打着。旅行者从那堆积如山的桌椅间清出一条过道。男人跟着他，在这空空荡荡的地方，他们的脚步声发出巨大的回响。

男人（粗俗地）

看得出，您在此经历过什么事情……

旅行者没有回答，继续往前走。

窗户的另一边，L. V. S. 从远处走来。她迈着无力的脚步，沿着成排的窗子走了过来，她在正中的窗口停下，转过身子，朝舞厅张望。

男人看见 L. V. S. 进来了吗？我们不得而知。

旅行者转向男人。

旅行者

您认出她了吗？

男人半天才回答。

男人

距离这么远……很抱歉……没有。

旅行者又向落地窗走去，男人没有跟着他。

我们离那排窗子更近了，看见了旅行者，也看见 L. V. S.，娱乐厅的男人不见了。这里又响起了沙塔拉心脏的跳动声和捣沙声。

旅行者站在L. V. S. 对面，中间隔着落地窗。L. V. S. 好像看见了旅行者。她的目光十分温柔、平静。她大概在等他出来，就像等待疯子那样，然后随他而去。

旅行者（重新问道）

您认出她了吗?

男人没有回答。
旅行者斜坐在一张椅子上。面对她。

旅行者（停顿片刻）

再看看。

沉默。
男人终于回答了：

男人（停顿片刻）

那儿没有人。

旅行者把头埋进双手，就这样靠在椅背上。L. V. S. 安详地待在落地窗另一边。

旅行者

请再说一遍？

男人重复道：

男人

劳儿·瓦·施泰因。

过了片刻。男人又补充道，声音异常温柔：

男人

施泰因小姐已经在十多年前故去，我肯定搞错了。

沉默。

旅行者没有动。始终是近处的大海声和沙塔拉心脏的跳动声。

旅行者抬起头，没有看 L. V. S. 一眼，站起身就走。迈着同样缓慢的步伐，他从电影一开始就迈着这样的步伐。

他走出画面。L. V. S. 独自看向我们。

市立娱乐厅。里边。

还是娱乐厅的走廊，尽头是旋转门，男人已经不在那里了，旅行者走过长长的走廊，走到旋转门旁，推门而出。门转动了很长时间，然后停住了。

外边，白昼。

沙塔拉黯淡的大海。千篇一律的沙滩。大海很沉闷，仅仅在海滩上才感觉到一股力量，大海翻起急促、巨大的浪花。

疯子。疯子始终待在海边。他走过去，又走过来。很长时间，镜头不断重复。电影完了吗？是的。

后边的事情发生在电影之后。

在疯子无休止走动的画面上，我们听到了说话声。听得出是女人和旅行者的声音。

女人的声音依然很大，依然是“宣讲式的”。旅行者依然是那渴望的声音。

女人（画外音）

你又回来了。
我们以为你已经走了。

旅行者（停顿片刻，画外音）

我在找你。

女人（画外音，停顿片刻）

我们本来已经跟他走了，否则警察早就把我们抓回来啦。

暗指L. V. S. 独自一人去娱乐厅的事。他们得在如今被禁止的沙塔拉，在对他们而言很危险的海岸附近等她。所有人一起。

白昼。沙滩。相同的日光。

L. V. S. 、女人、年轻男子坐在沙滩上，背靠着灰色水泥浇灌成的大石板。他们身后是同样颜色的水泥高墙。旅行者和他们在一起，坐在他们身旁。他又与沙塔拉的居民相聚了。

女人

你到哪里去了？

没有回答。

女人

你去哭了吧？你去祈求了吗？

暗指他对舞厅的探访。对啦，这一点她清楚。

旅行者

是的。

沉默。

他们朝疯子看了一眼。

L. V. S. 直挺挺地面对大海，她身旁的青年男子在玩沙子。他们听不见说话声，亦什么都不看。

旅行者指着疯子——我们看不见：

旅行者

他在干什么?

女人

你心里清楚，他在守护。

沙中的疯子，始终背对着我们。

旅行者（画外音）

大海?

女人（寻找着，画外音）

不是。

旅行者（画外音）

潮汐的移动? 光线的变幻?

女人（寻找着，画外音）

不是……

旅行者（画外音）

沙子？风？

没有回答。

女人

有时他会迷失方向……

沙滩。
疯子又走了。
沉默。

那帮人。

旅行者（转向L. V. S.）

她……她总能认出他吗？

女人

是的。你知道吗？没有他，她会害怕……

他们朝疯子看了一眼。说得很慢。

女人

他，他一直都疯着。（停顿片刻）而她呢……没有……我觉得……

旅行者（停顿片刻）

在这些人之前……之前……她认识其他男人吗?

女人（转过身，微笑着）

有人告诉你啦？……是的……

沉默。

疯子。大海。

女人（继续说，画外音）

这里……在沙塔拉……舞会……从前……在别处……

沉默。

旅行者（画外音，很长时间）

她当时十八岁。

女人（画外音）

啊……

沉默。

声音或视觉上出现了小小的意外。海鸥的叫声，敲击声起起伏伏。一只船从沙塔拉的另一边驶来，穿过画面，海浪拍打在沙滩上，力量各不相同。

那帮人。沉默。然后旅行者开口道：

旅行者

麦克·理查逊。

女人没有认出来。眼睛盯着疯子，谨慎地问道：

女人

这里，是在沙塔拉？

旅行者

是的。

沉默。

她紧张地看着疯子。

女人（警觉地）

看，他又要走了……

旅行者（让她放心）

他会回来的……

女人（放心地）

对……他每次都会回来……

再一次沉默。

女人（自言自语地重复）

麦—克·理—查—逊……

旅行者（停顿片刻）

对啦。（停顿片刻）他们现在死了。

女人

啊？

旅行者（停顿片刻，十分清晰地）

是的。

沉默。

疯子。大海。

很远的地方，我们听见了沙塔拉之歌。也许是疯子在唱。他回来了，又走了，永远如此。

那帮人。

L. V. S. 弯下腰，躺下来。她的头枕在青年男子的膝盖上，眼睛始终看着远方，青年男子轻轻地抚摩着躺卧的身体，好像在哄她入眠。

女人在听那歌。

女人

有人在唱歌……

他们默默地听着那歌。然后女人朝旅行者弯下腰去，带着祈求的声调。

女人

告诉我……那曲子……（停顿片刻）那曲子……告诉我……

旅行者（停顿片刻）

不。

女人不再坚持，重新坐好，看着自己的前方，疯子，大海。

沉默。

疯子。大海。

疯子走了过去。我们又听见了沙塔拉之歌。歌声越来越弱，几乎听不到了，随后便逝去了。

大海。

一切都停止了。

完

卡　车

马振骋　译

传统上，把条件式看成一种语式。也可以认为条件式实际上是直陈式的一种（假设性将来）时态。

条件式，就其本义而言，表示一件或然的或不真实的事，这事的实现乃是某个假设、某个条件形成的结果。

（条件式也用来）表示一种单纯的想象，似乎把事件转移至虚构领域（尤其是儿童在玩游戏编故事时使用的先导性条件式）[①]。

莫里斯·格雷维斯

《法语习惯用法》（阿蒂埃版）

① 本书原文绝大多数句子摹仿儿童玩游戏时用的条件式。作者这样做的目的是营造一种迷茫的虚境。如：“在我们这场游戏中，你当强盗，他当受害人，我当警察。”在法语中“当”这个动词可用条件式，因为实际上他们不是强盗、警察和受害人。但是汉语中动词不存在变位，条件式和直陈式不是通过动词本身的变位来表达的。译文为避免句子烦冗，只是在强调时，才添加其他虚词来表示条件式。

片头字幕：

全景。从十二号国家公路前往(伊夫林省)蓬查特兰。到达一座广场，卡车在那里。萨维姆牌三十二吨货车。蓝色。带拖车。停着。

普莱吉尔工业区的一座圆形广场。四周是空地。几辆旅行汽车。

远处是Z.A.C.(城市规划发展区)。

卡车停在那里。发动机正对着我们。卡车发动了。向我们开过来，然后转弯。轮子驶过银幕。卡车消失。又在圆形广场出现。消失。空广场。

影片开始。

(伊夫林省)**特拉普工业区**。横移镜头。工地。建筑土堆。棚户木屋。然后是树林，穿过树林远处是伊夫林圣康坦。

玛格丽特·杜拉斯的画外音：

这是一条通往海边的公路。横穿一座巨大赤裸的高原。

(停顿)

然后一辆卡车开到。

慢慢穿过乡野。

白色的天空，冬天的天空。

有雾，很淡，田野上、大地上到处弥漫。

静默。然后音乐[①]。

这个地方昏暗封闭。窗帘拉上。灯亮着。地毯。镜子。这是个起居的地方。日光从白窗帘透入，说明是白天，但是门窗关闭。中间有一张圆桌子。有两个人坐在桌子旁：热拉尔·德帕迪约和玛格丽特·杜拉斯。桌面上放着稿子。这部影片的故事是念的。他们将要念这个故事。

只有夜色降临后才看得到这个地方的外面。

影片放映时，背景有变化，但是内景在同一个地方，只是一些物品如桌子、灯，变换位置。光线保持不变。手拿稿子的阅读方式也不变。

这个地方可以称为：暗室或阅读室。

除了画外音以外，整部影片都在这个地方展开。

影片里的音乐伴奏没有特殊的场景提示，也不设任何让人感到音乐存在的书面标志。

现在，暗室开始工作。

德帕迪约：

这是一部电影?

① 音乐指贝多芬关于迪亚贝利(Anton Diabelli，1781—1858)主题的三首变奏曲，或指主题本身。——原注

杜拉斯：
这原本是一部电影。
（停顿）
不错，这是一部电影。
（停顿）
卡车消失了，后来，又出现了。
可以听到海涛声，在远处，但是很响。
然后，一个女人等在公路旁。她打手势。卡车向她靠近。
这是一个中年妇女。穿着像城里人。
（停顿）
您懂吗？
德帕迪约：
是的，我懂。
杜拉斯：
四周没有一幢房子。
她带着一个旅行袋。
她乘上卡车。
卡车又开了。
他们离开了海边。
德帕迪约：
他们在什么样的地方？
杜拉斯：
那无关紧要：
可能是博斯，往沙特尔去的路上。
或者在伊夫林的移民区。

特拉普工业区。

音乐(《迪亚贝利主题变奏曲》)。

横移镜头。

连绵不断的仓库、大型超市、广告牌。近景中有卡车交错而过。

杜拉斯的画外音:

这时她可以开始观看风景。

远处是海,

公路,

白色天空,

寒冷,

形形色色的东西。

然后她唱歌。

移镜头结束后静默。

暗室。

杜拉斯:

可以看到卡车的驾驶室,室内很暗。

司机和搭车女人都不说话。

他们坐在一起是命运使然,并不和谐。

(停顿)

您懂吗?

德帕迪约:

是的,我懂。

杜拉斯：

他们面对着公路，这条公路涌入他们的眼里。

（停顿）

这里有音乐。

影片里听到的音乐可以看出是从卡车收音机里放出来的。

（停顿）

车外的光线可以比车内明亮，像雪光似的。

（停顿）

司机和女人望着车外的光、公路、赤裸的田野、泥地，望了好久。

（停顿）

可以看到卡车驾驶室座位上面有一张两用铺位，躺着一团影子，这是一个人。卡车上的第二名司机。他在睡觉。他在整部电影里一直睡着。

（停顿）

司机和女人的共同处是，在同一辆车里面孔对着公路；他在干他的工作，而她被他带着走。

您懂吗？

德帕迪约：

我懂。

杜拉斯：

他们共有的是这条公路和这个景色。他们四周是寒冷、荒凉的空间和冬天。

（静默）

这个本子可以不考虑任何排演。

（静默）

德帕迪约：

她说话吗?

杜拉斯:

她快说话了，快了。

德帕迪约:

(停顿)

她是谁?

杜拉斯:

落魄的人。

(停顿)

您懂吗?

德帕迪约:

懂。

(停顿)

杜拉斯:

他们之间唯一共同的特征，就是严峻的眼神。面对着眼前的这片空白、赤裸的冬天和海。

(停顿)

影片开头，两人一言不发，可以说明人物之间的最初关系。

关系是疏远的，几乎漠不关心的，机械的。

这可以为未来的关系发展做一个铺垫。

德帕迪约:

未来会有关系吗?

杜拉斯:

(停顿)

可能永远不会。

德帕迪约:

(停顿)

您认为呢?

杜拉斯:

(停顿)

永远不会。

特拉普工业区。横移镜头，第一次移镜头的继续。连绵不断的仓库、大型超市、广告牌。近景中有卡车交错而过。

音乐。

杜拉斯的画外音:

这时她可以开始说话了。

她说她看到车外的东西。

她说：要看的东西真多……

太多了……

多得烦了……您不觉得吗?

他没有回答。

静默。

她闭上眼睛。

她还在说话。

她说：别以为我睡了。

恰恰相反。

暗室。

杜拉斯:

片子可以拍得很快，您看……时间上一点不要拉长。

拖拖沓沓。

片子可以拍得不贵。从这部片子的性质来看，不妨使用简陋的设备。

（停顿）

也可以拍成黑白片。

（停顿）

我念这一段：

这时她开始唱歌，唱给自己听。

眼睛始终注视前方。

窗外景色，始终是壮丽赤裸的博斯山丘。

或者是：

壮丽荒凉的移民区。

（停顿）

她说话。她说：

这哪儿能说是山丘，说是山包还差不多……才那么点儿……您看……

……像地心里的压力稍稍往外拱……地下是水，或许是湖……要找寻出路……是水源……通过这里往外喷……往外涌……

（停顿）

地球努力要把自己的秩序颠倒，真叫人吃惊。到处这样，里面的东西轮着要变成外面的东西……

这里，一切刚刚启动，还看不出来。

（停顿）

您看：一切都停了下来，而这时……就在这个时候……睡眠停止……

静默。

德帕迪约：
您相信什么？
杜拉斯：
（停顿）
跟您一样，相信一切革命都是不可能的。
（停顿）
您看，她还在说话。
（停顿）
她说：
看啊，这是世界末日。
德帕迪约：
她在指什么？
杜拉斯：
（停顿）
她在指海。

夜。建筑土堆。远处是用于移民规划的空地。没有一棵树。一片荒地。荒地中央是铺面占好几公顷、灯火通明的欧尚超市。

音乐。

杜拉斯的画外音：
她可以是指海。
（停顿）
她说：看啊，这是世界末日。
任何时刻。
每一秒钟。

到处。

海都在向外扩展。

她说：是的，这样更好。

这那么困难……那么……那么艰苦……那么……

还是这样好。

这样更好。

我相信，这没必要……

（停顿）

她说：以前，这里已经是海了，这里。

那里，您看。

那里。

（停顿）

他说：您到底在说什么？

她说：我在说话。

（停顿）

她唱了起来。

她闭上眼睛，唱了起来。

暗室。

杜拉斯：

她可以谈许多东西，谈沿途经过的地理环境，谈世界末日、死亡、太空中地球的孤独、人类起源的最新发现。

说这些话时，并不要求她对所谈的问题有正确的认识。谈科学、地理、最新的星系发现时她可以犯错误，偶尔也可以犯大错误。

(伊夫林圣康坦)**韦里埃工业区**。横移镜头。一家卡车工厂。然后，几块赤裸的空地，然后远处是树林。

音乐。

杜拉斯的画外音：

卡车开上了一条交通繁忙的公路。

她谈到火星。

她说：您看见了吗？月球上什么也没有。火星上什么也没有。

土星上什么也没有。

有的只是死亡的、连细菌也不沾的地面，寸草不生的土壤。

他说：

火星上……什么也没有？

她说：对，是我错了。他们在火星上找到了……

她说：石头和风。

(停顿)

她说：这是人类的新政治环境。

他问：

相对上帝来说的？

她说：是的。

相对空虚来说的。

您看。

暗室。

德帕迪约：

依您看，结果会怎么样呢？

（停顿）

杜拉斯（微笑）：

可能就是结束。

画面上两人听音乐（《迪亚贝利主题变奏曲》）。他们等待音乐停止……

德帕迪约（高兴）：

那么，您是说……这是……一辆卡车……在海边开？……

杜拉斯（高兴）：

是的……是这样……淡淡的雾……到处……弥漫……

德帕迪约：

是的……田野……公路……穿过一片赤裸的高原，卡车开过……是么？

杜拉斯：

是这样。

德帕迪约：

是这样，是这样……卡车开过这一切……可以听到海声……海涛声……远处……响亮。

杜拉斯：

……可怕……是的……可怕……风……没有人抵挡得了风……

静默，看得喜悦。

德帕迪约：

搭车的女人，她说了什么？

杜拉斯：

她说：

让世界走向毁灭，这是唯一的政治。

德帕迪约和杜拉斯（同时）：

让—世—界—走—向—毁—灭—这—是—唯———的—政—治……

静默。

德帕迪约和杜拉斯（喜悦）：

是这样……

静默。

一排新盖的一模一样的楼房，（伊夫林省）普莱吉尔规划发展区。白色。楼型相同。三角形阳台。远处是工业区的建筑土堆。人行横道线，他们停下：什么都没有。转弯。然后是笔直的公路，什么都没有。

音乐。

德帕迪约的画外音：

那位女士还说什么啦？

杜拉斯的画外音：

她说：一切都在一切之中。

到处。

任何时刻。

同时。

静默。

镜头停止。停在横道线上。

杜拉斯的画外音：

到处。

任何时刻。

同时。

那里，我们面前的屏幕上。

我就相信这个。

他问：

什么屏幕?

她说：

那里，我们面前。

那条公路。

暗室。

杜拉斯：

她还说。

她说：人永远到不了……

德帕迪约：

到不了哪儿?

杜拉斯：

那是……

静默。

您同意吗？永远到不了……?

德帕迪约(他对没有明确说出的事表示同意)：

这就是说……可能您是对的……

杜拉斯：

她说：这那么……可怕……那么艰苦……那么艰苦……这是原话，我相信……

德帕迪约：

……是的……我相信……

静默。

杜拉斯：

您要来支烟吗？

德帕迪约：

看是什么烟……

杜拉斯：

我只抽蓝色高卢牌……

（停顿）

您呢？

德帕迪约：

我抽斯特伊弗桑（带法语腔发音）……要明白，这是个习惯问题……

杜拉斯：

（停顿）

是这样。

特拉普工业区。横移镜头。建筑土堆。混凝土搅拌机。还在施工、墙体敞开的楼房。然后是树林，通过树林，远处是伊夫林圣康坦。

音乐。

杜拉斯的画外音：

这时她开始谈自己。

她说她开始认出来了……她认出了看到的东西……

这条公路……
这个地区……
这些房屋……
这些人……
这个存在……
这个颜色……
这份寒冷……
他说话了。
他说：您撒谎。
这里从来没有人住过。
她说：没错……但是……
他又说了一句：您撒谎。
（停顿）
她不说话了。

暗室。

德帕迪约：
那位女士说什么？
杜拉斯：
她说这些词：无产者……工人阶级……
她说：现在他们会说出谁是剥削他们的人……压迫他们的人……他们会读书……会写字……
德帕迪约：
以前他们不会读不会写。现在他们会读会写。他们对自己的命运有了广泛的了解。

杜拉斯：

是的，他们对自己有了广泛的了解……她说：多大的进步……

坚定。

辉煌。

固定。

死亡。

（停顿）

她说：无产者应该消失，他们又拒绝消失。

静默。朝着两人推镜头。

杜拉斯：

啊，我以前年轻的时候……

德帕迪约：

广岛……广岛……

杜拉斯：

是的，她那时愿意为爱情而死。

德帕迪约：

她确是为爱情而死的。

杜拉斯：

是的。

（停顿）

然后，她的一生过完了。

她等待了十年，二十年，三十年。

一百年。

她的一生过完了。

静默。

德帕迪约：

她是谁？

杜拉斯：
谁？
德帕迪约：
那位女士，搭车的女士。
杜拉斯：
落魄的人。
知道的只有这点。
静默。
德帕迪约：
她为什么哭了？
杜拉斯：
（停顿）
这段爱情故事。她可能有过的爱情故事。
（停顿）
她的身体也是他的身体，日日夜夜不分离——跟自己的身体。
德帕迪约：
跟谁？
杜拉斯（微笑）：
二十亿男人。
（停顿）
德帕迪约：
她做了错事啦？
（停顿，微笑）
杜拉斯：
没有。
这是青春年代的一些迷误。
智力的迷误。

静默。

杜拉斯：

我相信这是很早以前发生的事。

那时革命、阶级斗争这几个词是清清楚楚的，大家还不知道后面隐藏的又是什么呢。

德帕迪约：

清楚的变得模糊了。

杜拉斯：

是的。大家再也不读什么。

大家再也不看什么。

德帕迪约：

在做以前谁也不知道这是空的。

在做一件事以前，怎么知道这件事不值得去做呢……？

（停顿）

不曾去做的人，他们就知道了吗？

杜拉斯：

（停顿）

不知道。

（静默）

德帕迪约：

卡车在干什么？

杜拉斯：

您不是看见了吗？

德帕迪约：

是的，我看见了。不知疲劳的。

杜拉斯：

是这样。

它会往前开。

它往前开。

德帕迪约：

是的。

（停顿）

夜以继日，它穿过田野。

穿过土地。

杜拉斯：

是的，它也可以沿着海开。

沿着海洋开。

是的，不知疲劳的。

德帕迪约：

是它可以载着我们走……

杜拉斯：

是的。您看它的路线，像一条轨迹。一种书法：

不可识别。但是清清楚楚。

德帕迪约：

它是蓝色的。

杜拉斯：

它是蓝色的，是的，蓝色的。

德帕迪约：

是的。

朝蒙福尔拉莫里去的**公路**。平原，薄雾，冷，一望无际的麦地，卡车来了。从远处看到。它远去了。穿过银幕。

音乐。

杜拉斯的画外音：
她说起她会在景物雷同的地方旅行。
她说这不取决于地方，也不取决于其他。
他没有问是什么取决于什么。
然而是她代为做了回答，
她说：
我说的是时间安排问题。
静默。
她也可以谈到她童年住过的一座城市。
离法国很远。
热带城市。
她说：那里有一条大河。
她说对那里的一草一木都记得清清楚楚。
他没有问哪座城市。
这样她就谈到其他城市。
其他好多城市。
静默。
她会说：我头脑晕眩，充满了叫声。
充满了风。
这时我就写东西，偶尔这样做，不过也有好几页。
（停顿）
要不然我就睡觉。
音乐结束。静默。

暗室。

德帕迪约：

她会去哪儿?

杜拉斯：

这个么……

他可能会问她的……

她说了个方向……

好像是海的方向。

德帕迪约：

他说这也是他要去的方向吗?

杜拉斯：

他含糊说了一点。他对她不感兴趣。

静默。

这部影片要达到的主要目的：

他们一起关在同一个地方：卡车驾驶室内。

司机。女人。女士。卡车上的女士。

德帕迪约：

他没有问她是谁吗?

杜拉斯：

没有。他没有想问她是谁。他什么也没问……他跟一个中年妇女没什么好说的。他的习惯一板一眼。还带歧视：一个中年妇女，不会叫人感兴趣。

静默。

树林。白霜。

然后是滚动的卡车车轮，然后是卡车驾驶室，空画面。

然后是(工业区)韦里埃桥。

音乐（《迪亚贝利主题变奏曲》）。

杜拉斯的画外音：
她还在说。她说：
您运的是什么货？

德帕迪约的画外音：
（停顿）
我不知道。货是打好包来的。
（停顿）
装船出海。

杜拉斯的画外音：
去哪儿？

德帕迪约的画外音：
（停顿）
我不知道。
音乐结束。
摄影机静悄悄探察卡车驾驶室、座位。

韦里埃。

杜拉斯的画外音：
她说：这很怪，货物……人……越积越多，到处都是，隔一段时间，来了，走了，一批又一批，各自有各自的故事。

暗室。

德帕迪约：

她等在这条公路上干什么？

杜拉斯：

这可以有好几种解释。她可以是为了私事到另一个地方去，比如说，她的汽车抛锚了，她必须回家去，这个地方很偏僻，哪辆车先来她就搭哪辆车……

（停顿）

德帕迪约：

还有呢？

杜拉斯：

没了。闲着无聊。

（停顿）

她旅行。

静默。

德帕迪约：

当她搭上卡车，主要目的达到了吗？

杜拉斯：

达到了。他们关在同一个地方，度过一段时光，难以转身，动弹不得，在同一个地方，一段时光，主要目的达到了。他们同时，又从同一个空间，看到同样的景物。

（停顿）

表现他们的差异，本来是影片的目的。他们关在卡车驾驶室内——这是个原始空间。

静默。

德帕迪约：

在他与她之间……在司机与女士之间……有什么?
发生了什么?
杜拉斯:
一路上都是她说话，说说停停，您看到。
她谈起国家。风。最新的科学发现。这个地区的交通困难。
谈起一个叫亚伯拉罕的小孩子。
谈起爱。
她出其不意地说:
除了爱以外就不存在什么故事。
德帕迪约:
有人问她什么了吗?
杜拉斯:
没有啊。不过您看到这人前后有点矛盾，说话颠三倒四。
德帕迪约:
这可以是一部关于……爱的影片?
杜拉斯:
是的，什么都谈。
这是一部什么都谈的电影。
在同一个时刻什么都谈，
也就是谈爱。

省级公路。麦地。
没有念白。
远处看到卡车，卡车穿过银幕。
音乐。

暗室。

杜拉斯：

我看到他们关在驾驶室内，仿佛受到车外光线的威胁。

（停顿）

这种光线叫他们害怕，我的印象是您和我也像受到它的威胁，担心一道光突然汹涌地闯进驾驶室，闯进暗室……忧虑灾难，这才是政治的智慧。

静默。

德帕迪约：

活动分子，是从不怀疑的人。

杜拉斯：

是这样。

奋起要实现各种琐碎的要求——都是改善命运的物质要求。

德帕迪约：

物质要求……

杜拉斯：

是的……住房改善……交通方便……度假费用低廉，这是斗争的主要目的。

德帕迪约：

他会这样说吗？

杜拉斯：

那名司机？他没有。

他可能认为这没必要说。

整个时间差不多都是女的一个人在说话。

德帕迪约：

他看她了吗？

杜拉斯：

没有。他什么也没看。

他夹在两种身份之间。视野也受到这个限制。

我忘了跟您说，她可能深受这种绝对权威的影响，以一个阶级为主决定其他阶级命运的影响。

她年轻时如此。

后来也是如此。

德帕迪约：

他们同样都异化了？

杜拉斯：

是的，从这点来看，他们同样都异化了。

静默。

杜拉斯：

救世主的最后一位化身是无产者。

她以前是这样相信的。

神圣的上帝：无产者。

她以前是这样相信的。

无人有权对无产者的责任表示异议。

她以前是这样相信的。

对活动分子的责任不应该有异议，不然就是对工人阶级的亵渎。

她以前是这样相信的。

没有人敢，没有人再敢对工人阶级的责任表示异议：那是亵渎。

她以前从来不敢。

有很长一段时期。

静默。

杜拉斯：

然后有一天她看到：

企业主和无产者串通一气。

他们的忧虑是相同的。

他们的目的是相同的。

他们的策略是相同的。

在每一个人身上杀死另一个人，从基本前提上损毁他：自身的矛盾。

静默。

后来有一天她看见了。

那是夏天。

一批新兵坐着坦克开进布拉格。

（停顿）

您可能还记得吧？

这些人稚气未脱，面带笑容，傻傻的很可爱。

这些新杀手。

这是资本主义与社会主义冲突造成的结果。

他们对这个结果很自豪。

（停顿）

很长一段时期，她睁着眼睛没看见。

这一天她看见了。

静默。

德帕迪约：

这种焦虑只是物质的焦虑。

这种焦虑是工人阶级的焦虑。

只有这种物质的焦虑，才值得重视。

其他方面的焦虑呢？

杜拉斯：

其他方面的焦虑，没什么。

这是阶级的特权。

静默。

您听，她唱歌了。

她闭上眼睛，唱起了歌。

森林。全景。

近景是结冰的水潭。背景是结白霜的桦树林。

音乐。

全景的尽头是一条公路。卡车。卡车沿着森林，穿过银幕，很慢。

杜拉斯的画外音：

听到海的声音了。

很远。

很响。

（停顿）

后来她谈到其他城市。

其他许多城市。

较近的城市。

在葡萄园之间……夹在葡萄园和河流之间。

谈到其他的河流。

她可以说记得不那么清楚了。

他没有问哪些没有记清楚。

（停顿）

她唱歌。

她闭上眼睛。

唱歌。

暗室。

杜拉斯：

她说话。她对司机说：

您是法国共产党员。

德帕迪约：

他对她说，这不关您的事。

杜拉斯：

是这样。

她对他说，您知道，卡尔·马克思……

她总是连名带姓一起说：马塞尔·普鲁斯特，皮埃尔·高乃依。列夫·托洛茨基。卡尔·马克思……

……一个怪癖……

静默。

德帕迪约：

他对着她看……

杜拉斯：

（停顿）

是的……是这样。

德帕迪约：

还是第一次看。
杜拉斯：
好像是第一次看……
德帕迪约：
他是怎么想的？他是怎么说的？
杜拉斯：
他说，我明白了。
您是个反动派。
德帕迪约：
她怎么回答？
杜拉斯：
什么也没回答。她笑笑。
（微笑，静默）
杜拉斯：
那时，他说：我明白了。您是从古希精神病院逃出来的。
（她念）
是的，古—希。
（停顿）
德帕迪约：
她没有听到吗？
杜拉斯：
听到了，听到了，她回答说：
（微笑）
啊，您知道那个地方？……
您看到了，他们扩建了南面河边的房屋，向山坡上发展。
这很好……朝北，那是森林……
应该扩建。一个时期以来显得太小了……

静默。

德帕迪约：

他问：

您是搞政治的吗？

杜拉斯：

这个么……这个么。

她回答：

不。不搞什么。

我什么都不搞。

我什么都没有搞过。

省级公路，（伊夫林省）夏弗纳区。麦地，没有念白。卡车出现了，在远处，消失在坡上。穿过银幕。

音乐（《迪亚贝利主题变奏曲》）。

暗室。

杜拉斯：

她也可以是上女儿家去，女儿刚生了个孩子[1]。

静默。

她说：

---

① 注意：接着的叙述以泛义来说是可以互换的。不过两者是分开的，一方面是描述地点的地理特征，或者可以说是世界末日的潜在威胁、风的强度、随着旅程愈益逼近的大海，另一方面是关于男孩亚伯拉罕的诞生、精神错乱等暗示。——原注

您想一想，我的女儿不久前分娩，在我要动身的那天我的车子又坏了。

（停顿）

是个男孩。

分娩还算顺利。

（停顿）

我的外甥有个兄弟，跟我的女儿住在一个地方，那天外甥要去找兄弟，我就想我可以跟他一起去；但是没有一起去成，我迟到了一个小时，他已经动身了。那时怎么办呢？我乘火车去找妹妹，走得很匆忙，也就没有打声招呼，我到的时候，当然没有人，一名邻居告诉我，妹妹白天去看一位女友，要到晚上才会回来。

于是我决定看到车子过来就搭上去。

（停顿）

妹妹住的地方很偏僻，一天只有一班火车，时间还很不方便。

（停顿）

我也试过跟她通电话，但是问询处跟我说这地区下过暴风雨，电话出了故障。

沿海地区经常这样。

风，就是风，您看。

这里是大高原。风通行无阻。连棵树也没有。赤地一片。树遇到风不是被连根拔起，就是折断倒在地上，像遭到了屠杀。

（停顿）

她唱起了歌。

长时间静默。当“她唱歌”时，杜拉斯把稿子放到桌上。

杜拉斯（又拿起稿纸）：

她的歌声停止了。

（停顿）

她说：原谅我，我唱歌，是因为有了这个孩子我很高兴。我请您原谅。

我还应该对您说，我时常会陷入一种精神错乱状态。我一直不能理清我的思路，不能沿着一个想法说下去而不受另一个想法的干扰。

哦，您可以不听我说，我周围的人也是这样说我：大家不用听她的。

不过注意，并不总是这样，我有时也会谈一些更具体的事，我周围的人说，更严肃的事。

（停顿）

我有时也会长时间不说话……是的……

（停顿）

说实在的，我这人会这样，人人还不都会这样，说话，不说话。悲伤，或者快乐。

（停顿）

但是这个，大家相信是没有任何规律可言的，我周围的人感到遗憾，这个精神错乱，但是您看……不管怎样我也可以反驳说，我说话没有一定的逻辑，并不说明我自己没有一套逻辑。大家又说我太倔了，这词用得很多，您应该听到过。这其实是一句骂人的话。说小孩时就用：太倔了，他太倔了，她太倔了。

静默。

我想孩子的名字叫亚伯拉罕。我希望这个名字不会给他带来厄运。

（停顿）

这是我女儿偏要给他起这么个名字。她丈夫不完全同意。

（停顿）

他说孩子若用了这个名字，以后光为这件事就要替他担心。

（停顿）

她偏要这样做。她丈夫说应该忘记这些名字，这些犹太词。他说给孩子起亚伯拉罕这个名字，这是煽动最恶劣的集体偏执狂，形形色色的歧视，犹太人大屠杀。

我女儿还是这样坚持，她把孩子叫做亚伯拉罕。

她丈夫是法国共产党员，这样一说您明白了吧。他要是把自己的孩子叫亚伯拉罕，害怕人家会说他是个种族主义者，他害怕。他说不是犹太孩子实在没有必要起这个名字。

应该跟您说明我们不是犹太人——不是。也不是阿拉伯人。

不是犹太人，也不是阿拉伯人。

（停顿）

我女儿认为世界上普遍共有的东西是诗。还有爱。还有饥饿。

（停顿）

她总是说一种歪理，时时刻刻会出现在我们心中，又被我们推开。但是没用，她说。她又说，幸而如此，不然只有等到死人死了才算完。

（停顿）

我相信她在说自己的丈夫。

静默。

分娩很痛苦，但是孩子没有受罪。

（停顿）

她唱歌了。

黑夜。**斜坡**。**省级公路**，在伊夫林省。远处是普莱吉尔的移民区。密度大，景物雷同。世界上这样的城区成千上万，这是其中的一个，灯光照亮着。

杜拉斯的画外音：

她可以说知道自己是不存在的。她掌握了一定的证据……内心的……

她说：这怎么说，

内在的？

内心的？……

静默。

她说：这是我在那里时发生的……

他说：您撒谎。

她不说话。

镜头结束时响起音乐。

暗室。

德帕迪约：

她哭是怎么回事？

杜拉斯：

她没有再哭。

静默。

德帕迪约：

她闭上了眼睛。

（停顿）

他看见她啦？

杜拉斯：

没有。他只有人家要他看时才看。

他自己不再看什么了。

德帕迪约：

她又看到什么呢？

杜拉斯：

不多不少两块大陆。孤零零的。

海变得非常朦胧。日落以后宣布了宵禁。随着黑夜再也没有什么。森林爬上了边境的城墙。

在大陆之间是海洋。一望无际。

在大陆之间一无所有。

在大海前面是冲锋陷阵的坦克。有人监视前方。

静默。

她想到小亚伯拉罕。

静默。

特拉普，调车场。火车。车厢。火车。横移镜头。多云的天空，白色的。**火车**。**火车**。

杜拉斯的画外音：

她说以前有过孩子，有过生活，有一次，时间则说不上来了。

喂养过孩子。

但是她没弄清几个。

在哪里。

还有日期。

（停顿）

亚伯拉罕。亚伯拉罕。

她总是说起他，但是没有人认识他。

别是她编出来的一个……犹太孩子？

一个犹太孩子?
编出来的?
镜头结束时响起音乐。

暗室。

远处的音乐越出整个画面。杜拉斯和德帕迪约长时间不开口，仿佛看到前一个画面，颓然没有了力气：那是装运犹太人的列车。

停顿，然后他们又开始说话。

德帕迪约：
几点钟啦?
杜拉斯：
还早呢。天还很亮。
静默。
德帕迪约：
卡车呢?
杜拉斯：
一直在开。
德帕迪约：
往前开。
杜拉斯：
总是这样的。
静默。
德帕迪约：
您要来支烟吗?

杜拉斯：

（长时间停顿）

不要。

（停顿）

您累了吗？

德帕迪约：

不。

杜拉斯：

不？

静默。

差不多快念完了。

（停顿）

往下接着来。

德帕迪约：

好的。

静默。

杜拉斯。

再过一会儿，司机也要在公路餐厅停下，吃一份三明治。

她非常专心看着他吃，跟他谈起他的手。

她对他说：

一个男人要用这样的手碰我，我会受不了，这么粗，这么脏，受不了，受不了。

德帕迪约：

他笑了吗？

杜拉斯：

他笑了。

德帕迪约：

他说：这只手还行吧？

杜拉斯：

是的。还行。

然后他看自己的手。

（停顿）

杜拉斯：

然后她说：您知道，我个人认为卡尔·马克思完成了任务。

静默。

杜拉斯：

然后她又开始唱歌。

她闭上眼睛。

（停顿）

她看到自己眼睛后面的东西。

德帕迪约：

世界末日。

（停顿）

杜拉斯：

他对她说：

嗨，您从古希精神病院来的，没错吧？

（停顿）

她没有回答。

德帕迪约：

他说：

那么您到底是从哪儿来的呢？

杜拉斯：

这个么……她没有回答。他又说：我需要知道，我有权利知道。我甚至还有权利看您的身份证。

德帕迪约：
她哭了吗？
杜拉斯：
没有。她就是不哭。
他又说：
您上车的地方一眼望去什么都没有，不是吗？那又怎么说？您是谁？
（停顿）
他等待回答。
德帕迪约：
他等待回答。
（停顿）
杜拉斯：
是的。她的回答是：
我不知道怎样回答您。
您的逻辑我不懂。有人问我是谁时，我就神志不清了。
德帕迪约：
他就说：
啊，我早料到这背后有什么事。
静默。

省级公路，朝夏弗纳方向。上坡。麦地，赤裸的。卡车，在远处。卡车穿过银幕。
音乐。

杜拉斯的画外音：

她说：我可以爱。
爱上您。
爱。
任何时刻。
叫喊。
爱。
亚伯拉罕。或者您。
一切。
（停顿）
或者什么都不爱。
（停顿）
都不爱。

暗室。

杜拉斯：
在这里她要求下车。
（停顿）
这是一片旷野。没有一幢房屋。
她要下车，她叫了起来。
德帕迪约：
她害怕了？
杜拉斯：
（停顿）
害怕什么？
德帕迪约：

可能害怕被送回到古希精神病院去。

（停顿）

他对她说：

您究竟要什么，这必须弄清楚。

杜拉斯：

是啊。

她却说她不知道。

静默。

影片中有个人会这样说：

她就是这样一个女人，天天晚上拦汽车，拦卡车。然后她对车里的人谈她的生活。

每天晚上她对谁都是第一次谈她的生活。人家听进去多少，这个她不在乎。

静默。

德帕迪约：

她会长什么样？

她长得怎么样？

杜拉斯：

（停顿）

矮小。

瘦。

不起眼。

平平常常。

她有平常人的那种高贵气质。

那是看不见的。

普莱吉尔。黑夜。欧尚大型超市四周的工业区。荒凉。房屋密集的小区。移民工人的圈地。中间是欧尚超市：薪水和劳动的回收站。

杜拉斯的画外音：

有人会这么说，是的……

有人会说：她就是这样一个女人，天天晚上拦汽车，拦卡车，然后对谁都是第一次谈她的生活……

（停顿）

……比如说，夜色降临时，有一名女招待在一家公路餐厅把她认了出来……

或者一名跑长途的司机把她认了出来……

（停顿）

她也不知道人家在议论她。

音乐。

暗室。

静默。

德帕迪约：

亚伯拉罕……

亚伯拉罕在哪儿呢?

杜拉斯：

她说起他。总是说起他。

但是没有人认识他。

静默。

杜拉斯：

她在旷野里下了车。
她最后一次说话。然后她下了车。

十二号国家公路。车辆稀少。卡车，很近，从一条省级公路驰向十二号国家公路。穿过去，消失在车流中。

杜拉斯的画外音：
她会最后一次说话。
她说她整个一生都错了：
该笑的时候她哭……
该哭的时候她笑……
该哭的时候就是要哭……
她还说：
让世界走向毁灭吧，
让它走向毁灭吧。
音乐直至最后。

暗室。

杜拉斯：
她可以在旷野里下车。
他也可以让她下车。
（停顿）
然后车又开走了。
（停顿）

杜拉斯：
对她的了解也仅限于这些事。
也只是有了对方，他们两人才能说是存在的。
故事到此终止了。

省级公路，在（伊夫林省）诺弗勒维厄和塞普特伊之间。车辆稀少。前推镜头，镜头对向麦地中央的公路。然后，卡车。车子开在同一条公路上。麦地。赤裸的土地。车子穿过银幕。首先远镜头，然后近镜头。消失。

杜拉斯的画外音：
这件事过去好几年了。还是很早以前。
明明白白的词句后面隐藏了什么，没有人知道。
明明白白的词句模糊了。
什么都不读了。
什么都不看了。
（停顿）
什么都没有了。
（停顿）
革命。
阶级斗争。
无产阶级专政。
（停顿）
什么都没有了。

镜头移向暗室的不同背景。

第一个镜头移向盖满窗框的白色窗帘。第二个镜头移向杜拉斯和德帕迪约，他们都不说话，身后的背景是分裂的，窗帘拉开朝着外面。

静默。

杜拉斯的画外音(伴着响亮的音乐)：

这是一座山冈。微微倾斜的山坡。森林。

上面天空清澈。赤裸一片。

夏天。

没有风。

阳光很强，直照下来，酷热。

满目是暗绿的颜色，在带盐分的热空气中发黄。

那里是海。

镜头结束，看到海湾那边的公园。几乎是夜晚了。淡淡的天空中映出一棵树影。左边，弧型照明灯射向暗室。

地面干旱龟裂。

这是夏天。

卡车非常缓慢地穿过一切。然后又消失了。在后面留下荆棘灌木丛的沙沙声。这是卡车驰过时掀起的风力，使夏天枯萎的植物发出了声音。

静默。

卡车消失了。

图像消失了。映出两个黑体字：**剧终**（历时十六秒钟）。

杜拉斯的画外音：

大家等待着事故发生，殃及森林。

这是有东西经过的声音。

不知道是谁经过，是什么经过。

静默。

然后，这停止了。

《迪亚贝利主题变奏曲》响起，声音尖锐，响到直至片尾字幕滚动完毕。

摄制介绍

第一个计划

已没有必要把社会主义的希望，把资本主义的希望给我们拍成电影。也没有必要把未来包括社会、财经或其他正义的希望给我们拍成电影。还有工作的希望。价值的希望。妇女的希望。青年的希望。葡萄牙人的、马里人的、知识分子的、塞内加尔人的希望。

已没有必要把恐惧给我们拍成电影。把革命，把无产阶级专政，把自由，把你们的稻草人，把爱情拍成电影，都已没有必要了。

已没有必要把电影拍成电影。

大家已不再信仰。大家信仰。大家信仰的是不再信仰——真有意思。

大家已不再信仰。

已没有必要再去拍你们的电影。没有必要。应该把“没有必要”这个认识去拍成电影。

让电影走向毁灭，这是唯一的电影。

让世界走向毁灭，让它走向毁灭，这是唯一的政治。

第二个计划

电影限制了剧本，也葬送了由剧本衍生的想象。

封闭和限制想象，这就是电影的功能。

这种限制，这种封闭，称为影片。

好还是坏，出色还是拙劣，影片代表了这种最终判决。演出一旦定影，永远不容改变。

电影知道这件事，也一直没有能够代替剧本。

可是电影想方设法要代替剧本。

电影还知道，只有剧本包含的图像不会穷尽。但是电影就回不到剧本上去。它不知道如何回去。

它找不到森林中的小路，它不具有剧本蕴藏的无穷潜力，不像剧本繁衍图像生生不息。

电影发慌了，它挣扎，斗争，气喘吁吁，要在语言以外找到其他途径去满足观众日益增长的智慧要求，去吸引和鼓动观众拥入电影院，把电影业的产品消费掉。

这事有目共睹。电影已经看到前面是一片电影沙漠。电影已成了大腹便便的亿万富翁，投入的资金简直与石油交易和竞选经费不相上下，试图使观众回心转意。

影片要么拍得富丽堂皇，要么充斥罪恶、血腥、杀戮、天神仙女、穷人奇遇、普鲁斯特、巴尔扎克、金融丑闻、百姓忍气吞声、饿殍遍布大地。

这是白费心机。

电影再也无法满足观众日益增长的认知渴望。

电影不明白的是，电影外部发生的事跟电影内部发生的事是密切相关的。

电影尽管拥有亿万资金，却不能生产出赶上观众智慧的电影。

电影手段与电影计划天差地别不相适应，也葬送了由此生产的作品。

怎么做也都一样。

电影的制作，已经成了电影。

这种拒绝变得不可分割，全面。上电影院的观众愈来愈少。他们不看也明白，推荐给他们的影片被亿万资金捆住了手脚，内容不伦不类，还受到制作条件本身的污染。

拒绝就是拒绝。各种倾向的战斗禁令令人窒息，观众突围而出。他们获得了解放。

观众不再挤破玻璃门，而是过门不入。他们宁可待在路上，也不愿进入厅内。

事情就是这样。

病态、患冷淡症、需要不断消化的群众，还会走进电影院，但是今后也只有他们才去了。

他们强忍着看完影片，不思明天，不作回声。如同一块石头落进一口枯井。

许多人离开电影院，至今已有很久了。

由于这个原因，电影还在拍摄。

第三个计划

我不知道我坐着《卡车》去哪儿。她——卡车上的女人——也不知道去哪儿。这点我们是完全一致的。我原来不知道这个女人是谁。一点不知道。除了知道在一条公路拐角有个女人等着一辆卡车和我——这条路我看是在芒什，朝着沃维尔方向。这样已有好几个星期了。我不写剧本。我知道剧本不论写成什么样，摄制时都会被扔在一边。在拍成影片以前，女人和剧本不会巧合在一起。只有随着影片，女人才开始跟影片同时存在，跟情节同步发展。还有，女人需要影片才开始自己的存在。在影片以前，我看到她只是在等待。我知道我爱她。我向她转过身去。她不是，她身子向外面转去。她不知道我爱她，她不知道自己有人爱，她不知道她能引起别人的爱。她侧身向着外面，看着。而我侧身向着她，看她。两人重叠着朝向外面。我通过她在看。我通过她吸收外面，把外面摄入到我的里面。我爱她。她不知道。她一直侧身向着外面。我转移目光。我看着她看的东西，东西愈来愈明亮。她，我没有看见，我一直看不见她的面孔。影片放完时，我还是没有看见她的面孔。但是她看着的东西使我眼睛发花：那是影片。

第四个计划

在《印度之歌》中，我曾经尝试让一则爱情故事越出它的界限。安娜-玛丽·斯特雷特通过麦克·理查逊爱上了整个加尔各答。在《卡车》中，故事，也即谈爱情的借口，不存在了。卡车上的女士经历一次普通的爱情。她不知道有过这番经历。她全身心向着外面，她进入到一种身份消失的过程。她不但不知道自己是谁，还从各方面去探索自己可能是谁。《卡车》中对她可能是什么身份，没有提供任何佐证，除了搭车的事实以外。她仅仅是一个搭车的女人。我看到她怎么出现，也看到她怎么消失，她拦住了另一辆车，永远离开我去了。她就是这样，在某个地方心灰意懒，老是在等待，等待自己，同时又希望成为一切。朝向一切而去的行动，对我来说也是爱的行动。

卡车上的女士再也不会无聊。她不追寻自己的生命有什么意义。我发现她内心有一种喜悦，既可存在而又不用探索存在的意义。一种真正的、流动的、向前的、根本的回归。唯一的出路，在这里，是最终认识到出路是不存在的。

与米歇尔·波尔特谈话录

波尔特：影片中，德帕迪约问您：“这原本是一部电影？”①

杜拉斯：是的。我说：“这原本是一部电影。——这是一部电影。”应该理解为：因而这成了一部电影。

波尔特：您能不能谈一谈这部电影，谈一谈您是怎样摄制的？

杜拉斯：这有三个阶段。第一阶段有一名女演员。我想到了两位大演员，西蒙娜·西尼奥雷和苏珊·弗隆。她们那时候没空。这倒给了我重新思考的时间。

波尔特：因而在第一阶段您原本要拍成故事片，而现在只成了向观众推荐的片子？

杜拉斯：说得不错。但是同时，我老想着这件事时，过得很不自在。最初我觉得我出现在影片中是不可能的。她们能演的东西我演不了，因为我是写本子的人，不是演员。第二阶段，我想既然苏珊·弗隆和西蒙娜·西尼奥雷她们没有空，那就由我来演这部影片吧。那时我还感到在驾驶室内拍片子很困难，因为天气冷，拍的时候正是一月初，气温在零下七度。这些都是不利的因素。

波尔特：您首先提到是物质上的因素？

杜拉斯：是的。大家谈这些问题，大家去了解情况，为了弄明白怎样才能不慌不忙地围绕着驾驶室拍镜头，保持整个旅途中松松散散的气氛，而又不受放在那里等着我们的摄影机的妨碍，等等，等等。然后我们又从第二阶段跳到最后阶段……这都是在夜里发生的，有一夜我睡不着，我对自己说，这部影片我不去拍了，我去念——想到这个主意时我完全解放了——这就是说一部原本要拍的影片改由我来念。幸运的是我对德帕迪约说起时，他一下子就懂了。我很害怕当两人坐到桌子旁，手里拿着稿子，这时他对我说他不愿意这样干了。这部影片是手拿脚本来念的，对德帕迪约来说也是第一次念电影，他念的时候很专心，这在影片中可以看到。我在影片中也说过："这个本子可以不考虑任何排演。"我现在想起来，这样做是为了避免演戏。如果先念了本子，又排演一遍，以后就是念也是在演戏。有几次下句不对上句，念错了行，有几次寻找自己念到哪儿了，这要做出取舍，我宁可这样也不愿意剧本和念台词的人之间有距离，这种距离我称为演戏。但是这件事，我不是一开始就明白的，只是现在知道了，我才明白句子在排演中是怎么一回事。也由于这个原因，我不想把本子交给一名舞台演员，他必然要把它背熟了，也就是表演了。手里拿着稿子，看了后念，看了后第一次念，这也就是电影，相当于在表演或者在演出阅读的内容——即使不是更做作。

波尔特：从德帕迪约接受您给他念的本子和接受他自己的本子时的样子来看，这点也很明显。

杜拉斯：这部我谈论时不会去演的影片，包含了其他影片，这个我发现了。它包含了我可以从这个想法延伸而拍的其他片子；想法是很平常的，卡车这个主题在全世界都拍过，很出戏，到处都用现实主义手法拍过，美国，法国，到处都拍，甚至最近在电视上见过一部片子，就是在一辆卡车内搭了摄影平台拍摄的。

波尔特：是的，但是能不能说您这部片子的主题是卡车？让我们给没有看过片子的人作个简单的介绍：在一个封闭的地方，一个

---

① 按照剧本，德帕迪约问的是："这是一部电影？"杜拉斯的回答才是："这原本是一部电影。"

男人和一个女人——女人就是您——说话说了一小时二十分钟。女人讲一则故事，这就是一个女人搭车上了一辆卡车，她跟让她搭车的司机说了一小时二十分钟。

杜拉斯：……司机没有在听她。

波尔特：……司机没有在听她。这则故事您推荐给德帕迪约，他因而像当了司机的替身：司机听女人说话，他德帕迪约听您念故事。

杜拉斯：是这样。他没有移动过。我要强调说明这一点，他，德帕迪约，从第一天起就是那个可能的卡车司机。不管怎样，我看到他德帕迪约在什么地方，不是在卡车里面，就是在卡车外面。他没有移动过，必须这样。

波尔特：影片中您一直使用先将来时态："这原本是一条公路"，"这是一条公路"。——"这原本是一部电影"，"这是一部电影"。这就是说，在我说这原本是一部电影时，这就是一部电影了？①

杜拉斯：是的，我想这是我拍的第一部，或许也是大家拍的第一部由本子来承载一切的电影。在格雷维斯的语法书中，先将来时态是孩子在玩游戏、编故事时使用的先导性条件式。孩子说，你做一名海盗，你就成了一名海盗，你是一辆卡车，他们就成了卡车；先将来时态是孩子玩游戏时唯一使用的时态——自始至终。这是他们的电影。

波尔特：在一个封闭的地方，两个人，您和德帕迪约，谈到一辆卡车。此外在公路上，一辆卡车往前开，穿过景色，不知疲劳的……

杜拉斯：因而卡车是与我们分开的。

---

① 参见第三七九页注①。

波尔特：是的，这辆卡车是一种精神形象。大家看到在赶路的卡车，是您表述的精神形象。

杜拉斯：我刚才看了片子，这部片子叫我难以自抑……看到自己的作品而难以自抑，这也总是我期待的事……我说不清楚这部影片的力量是从哪儿来的，这种力量使我百感交集。

波尔特：我刚才作为观众看了电影，电影让我可以这样自由去对待，这还是第一次，我感到像在阅读时那样自由，从这个意义来说，我觉得这部影片是个新东西，给电影开辟了一条崭新的道路。

杜拉斯：也有人会对您说这不是电影。可是您在银幕上看到了东西。有一个人在说话，这是一个形象。

波尔特：是的，很强烈。有人在说话，在讲一个故事，这是一个很强烈的形象。当我看到银幕上卡车的形象，不停地穿过景色……

杜拉斯：冬天。它穿过冬天……

波尔特：是的，形象中完全包含了您刚才所说的，会在这辆卡车中发生的事，但这只是我看到的外形物，也就是说卡车内的男人和女人，他们不是强加于我的。

杜拉斯：他们在卡车里，而我则把他们看作是我叙述的一个驿站；我不说话时，由他们接替。那时就可以完全不用心理叙述。

波尔特：书写的故事是开放的，读了会涌现形象。而在电影里则把故事限制在一个形象上，这是对观众的一种强制行为。

杜拉斯：一种限制行为。

波尔特：是的，一种限制行为，这部片子里完全打破了限制。当您拍《她的威尼斯名字》时，您说一般来说片子给观众留出百分之二十的创造空间，您为观众争取百分之八十的创造空间。但是这部片子里这个百分比还要高。

杜拉斯：总的来说，通过语言卡车是存在的，旅行是存在的，景色是存在的，一切都存在。男人存在，女人存在……都是念出来的。甚至不用记，是念。这使我很惶惑，这也使我确信这么一件事，我不能再上电影院去了，因为我在那里感到无聊……我拍这部片子、念这部片子时没有一秒钟感到无聊，德帕迪约也是这样，他完全沉浸在幸福中，整个摄制组处于兴奋状态，其实德帕迪约和我自始至终坐在一张桌子旁边念故事而已。

波尔特：他们的这种兴奋，可能也是观众在看影片时感到的那种兴奋。有人向我们叙述，有人向我们说出一个故事，这很妙……

杜拉斯：这样又回到了说故事的大传统……文字包含一切，文字包含形象；用图像代替文字，就像把文字引入歧途，使文字支离破碎，可能……

波尔特：就像限制了文字衍生的想象。

杜拉斯：是的，是这样。

波尔特：可能大家又回到了说唱艺人的传统，说唱艺人可以说是口头作家；说唱艺人跟作家有相同的能力。

杜拉斯：由一个人来做一切，来讲述整个故事，从这点来说是相同的。听导演谈他们拍摄的影片，他们好像在谈一件与己无关的事，这总是令我吃惊，他们越过自己做的事来谈，您明白我说的意思吧，躲躲闪闪，不好意思等等。我就没有。我若有一点不好意思，我就拍不出《卡车》来。必须要好意思才能拍出《卡车》这部片子。但是好意思可能也是一种谦逊。

波尔特：但您是一名作家……

杜拉斯：那也跟许多人一样，并不超过他们。

波尔特：许多人拍电影，就是找个现成的故事，拍成图像，给故事作个图解。

杜拉斯：是的，这就产生不伦不类的效果，语言不再是语言，语言不再有语言的权力、语言的威力，图像是“凑合的”，试图补充语言的匮乏……比如说我看了《感官世界》。就是拍一些人整天做爱，最终引起谋杀，判处死刑。但是叫我感到吃惊的是情欲的孤独，欲望到了那个地步把你带入一种完全是戏剧性、悲剧性的孤立无助状态，这个却又没有表现出来……只让人看到一些人整天做爱，但是问题不止这个，情欲也使你陷入致死的孤独……这没有表现出来。电影圈的人说这是一部出色的影片。是的，这是一部出色的影片，但是文不对题。

波尔特：光靠图像恐怕还是说不明白。

杜拉斯：他们以为通过图像找到了解决的办法。没有言语，只有一种直接的言语，把两者摆在一起来说明问题。但是影片中有一个缺陷，一个极大的缺陷：排斥在欲望高涨之外的后果。一切是怎样变化的，整个外表变了，一下子，也就完蛋了。这可能是话语的缺失，或者是静默的缺失——这是一回事，话语或静默，最终是一回事。这种缺失使一部影片拍得不伦不类，使剧中写到的人物——比如说——对此也不能完全相信。我想电影耻于用言语，就像耻于用智慧已有四十年了。您知道，我在《印度之歌》中用了“智慧”这个词，有人在街上拦住我说：“在一部影片中使用这个词是不可原谅的。”这种事叫人头晕，要问一声究竟是谁在拍电影。这种事也叫人害怕。仿佛电影业中有人想方设法设置障碍，不让语言闯入影片。这是对智慧实行隔离政策、种族主义——仿佛智慧，这是人的耻辱。然而这却是世界普遍共有的东西。

波尔特：仿佛那种——暂且这么说——平时看惯的电影要开发的只是一小部分智慧，而不是智慧的全部可能性。再一次说明仿佛智慧是一种阶级现象。

杜拉斯：他们认为电影是属于他们的，属于主张图像的人。他们认为他们拒绝表明自己的想法——这怎么说得谦逊呢——他们拒绝使用语言的这种做法，就算是掌握图像了。这事我想了很久，但要不是今天我是一直不敢说出来的。我要敢于愈来愈多说。

波尔特：好像这些人在人为地给东西分门别类。

杜拉斯：是这样，确实是这样……这是为了把别人拒之门外。我就有好几年被人拒之于电影门外，我可以肯定。

波尔特：有的人说："她是作家，为什么还要插进来拍电影？"

杜拉斯：是的，有人说：让她写剧本，让她写书，但是不要让她插进来搞图像，因为她不懂。我们这个时代有价值的作家，没有哪个胆敢狂妄到说出这样的话……电影人有一种特殊的自命不凡和浮浅，我们写书的人不会这样……那一天某人在电视上说：戈达尔这人创造了这种手法，以前拍一个人从家里出来，比如说要上一家酒吧，首先拍人，从家里出来，然后走在路上，然后那个人走进酒吧。戈达尔创造了这样的手法：那个人出来，然后大家看到他在酒吧里了。

波尔特：他们对观众毫不信任？

杜拉斯：毫不信任。他们把观众当作孩子。摄影机前的演出就是孩子的演出……当我们在电视里看到——比如说——那些老片子，对待观众就像对待智力迟钝的儿童，仿佛他有遗传性缺陷，一切都要他人代劳似的。

这一切跟我心底埋藏并逐渐形成的这种怀疑结合到了一起；我怀疑电影作为基本功能作用是不存在的，我拍的片子每个画面都出现这种怀疑。电影是一个大杂烩，里面有派生的、搁浅的灵感，各种各样的苦涩。在怀疑的同时——这对我还不错——我必须提防电影界的密探，把电影据为己有的人，说"这里要图像，不要言之无物的话"的人。言之无物的话，那是冲口而出、自由自在说的话。言之无物的话，很精彩。我在我的每部影片中看到这个图像：一家超市，把四周的一切都拆毁，喊出自己的口号：上我们这儿来，不然只有去死。

波尔特：您在《卡车》一片中所做的工作，好像在前几部影片《印度之歌》《她的威尼斯名字》里，已经有了个开头……

杜拉斯：《卡车》，这一切都十分自然。每个人都轻轻松松。做起来也十分简单。如果在一辆卡车内部拍摄一部有表演的片子，那就会虚假得多。是的，在《印度之歌》中我已经开始谈到这种位差，既然在那部片子里演员已不再只是演员。但是在《薇拉·巴克斯特》里我又退缩了。那里面有演员。《薇拉·巴克斯特》是存在于我身外的一部影片。我愿意对您这么说，一部片子应该完全投入到欲望中去，投入到拍摄和内容中去，到形式和内容中，到主题处理，到技术问题，同样，片子应该跟欲望和情欲达到同一的广深度。《薇拉·巴克斯特》没有产生这样的情况，《卡车》就产生这样的情况。我对《卡车》有一个难忘的回忆。有一天晚上，德帕迪约走了，我叙述卡车上那位女士的女儿，也就是小亚伯拉罕的母亲分娩一段。图像停止了，拍片用的是一百二十米长的胶片，摄影师示意我继续说，我看到整个摄制组都在听故事，宁可不打断我，而要听完整个故事，要独自占有整个故事，也不愿打断我再重来。这件事我永远不会忘记。他们不愿意自己听不到故事的结尾，而让我继续说下去，这很残酷，事后我不高兴。后来我又重新思考这件事。我觉得一个摄制组敢于做这样的事真是厉害。布吕诺示意我往下说。我就往下说了。只是三四分钟后我才明白摄影机没有在拍。仿佛摄制组变得自由自在了。

波尔特：是的，无疑是这样，这种自由自在就像这部影片的自由自在。这种蛊惑来自这点，那就是没有人知道自己在哪儿，不知道自己跟着德帕迪约和您是在卡车里，是在一个封闭的地方，还是在这条自己不停向前去的公路上。没有人知道这名卡车司机是不是在听您说话的那个人，不知道您谈到的那个女人是您还不是您。外部的图像无休止地转换到内部的图像，故事提到的人物转换到银幕上出现的人物。

杜拉斯：是的，我很喜欢这样。这样达到了我写作和摄制《卡车》时所处的精神状态。对我也是平生第一次，绝对不用操心某种什么逻辑性。我完全随心所欲，后来我得了失眠症，对自己说：好啦，不能这样下去了，你太离谱了。现在我发现不是这样。我在东扯西拉吗？好吧，我就是在东扯西拉吧。

波尔特：我对您玛格丽特很熟悉，就因为这部片子里这种表面逻辑缺失的做法，在我看来非常非常接近您，比您以前在影片中所做的一切都更接近您。

杜拉斯：啊好！但我不是有意这样做的。突然谈到了无产者；那么，就突然谈到无产者吧，就是这么回事。这不是通过逻辑衔接的。当然衔接点还是有一个的，但是表现在字里行间。政治问题是由这句话提到的："她说这些词：无产者、工人阶级。"我就是这样说到的，我没有要求在两组镜头之间安排逻辑联系。这是不可能的。那就不会有这样的柔性，这样全方位的开放性，这部片子的确到处是洞口，这是一部大家随时都可以参与的片子，对着外界门户洞开。

波尔特：是的，到处开放。您在影片中说："一切都在一切之中，到处，同时。"您接着说："我就相信这个。"

杜拉斯：是的。她接着说："我就相信这个。"这个女人每天把自己的生活说给萍水相逢的人听，她只有这个可以说，她就说了。若由一名女演员来表现她的存在就会缺乏力量。在一部不把她人格化的片子里，她的存在就要充沛有力得多。卡车上的女人，我在路上一天要见到三个。若由一名女演员来扮演，我就一个也看不见了。即使像西尼奥雷和弗隆这样的大演员扮演，我也不会在街上到处见到她，她不会在这些过路人中间，不会在片子中我要她站的那个交通要道上。我肯定看了《卡车》的人，到处可以见到卡车女人。

波尔特：她是每个人。

杜拉斯：是的，她是每个人。片中对她没有介绍，对谁也没有介绍，这可能也是个开放点。也不可能说这里面没有一点导演手法，言语中有导演手法，还有转动的图像、伊夫林的图像，但是没有故事介绍。

波尔特：是的，唯一看到的东西是故事的外形物，奔驰的卡车。

杜拉斯：您知道我在印度支那生活过。我是生在那里的，我只有从母亲身上看到欧洲。她总是要我们记住我们是法国人，她的故乡是加来海峡，她是农民的女儿，等等。她给我讲故事。书里读到的故事我差不多都忘了，只有母亲给我讲的她的童年故事我一点没有忘记。一点没有。在加来海峡“小十字架”农庄内度过的夜晚。他们总共有二十五人。那里有农业工人。姑表兄弟。叔伯婶姨。大家都生活在一起。有时他们在农庄大院子里跳舞。这一切都在我眼前。我忘记了许多事，我还可能把《红与黑》也忘了，我没有忘记帕斯卡尔，我也可能忘了司汤达式的法律陈述，但是我没有忘记母亲的故事。这是些口述的故事。两年前我上北方就是要看看这些地方，这座“小十字架”农庄。农庄还在。我还认得出来。

波尔特：我觉得您若安排一名演员做您在影片里所做的事，您将使片子失去一种广度、一种力量，这种力量来自……

杜拉斯：即兴拍摄？

波尔特：不单是这样。当然，这是即兴拍摄，但不单是这样。在片中大家看到您，玛格丽特·杜拉斯，作家，亲自给我们念您刚刚写下的故事。这里面像有种资料的力量。

杜拉斯：可能因为是我写的，语言怎么写也就怎么念了？

波尔特：绝对是这样；还有您原来想要拍的这部影片，是和您一起、在我们面前、和我们一起拍的，这里就没有什么弄虚作假的。

杜拉斯：当我谈到她，当我谈到卡车里的一男一女，我是看到他们的，我有点像在做听写，我看到他们，我相信我要传递的是这个……那句话反反复复说："她闭上眼睛，她唱歌。"这是内心生活。当人关在室内，是从封闭的暗室内看到卡车的。这跟她闭上眼睛是完全一致的。她闭上眼睛才看见了东西。世界上不可容忍的事，她闭上了眼睛看得更清楚，而我，不看见卡车才把卡车看得更清楚。

片子是在一间关闭的小室内拍的，也就是说窗帘拉上，电灯亮着，也就是说在黑暗中。我起初根本没有想过……总之还是现在才回想起来……要是在白天光线下我想是不可能念的。我不知道，可能念书总是在黑暗中念的；说话的地方我称为暗室。我说阅读室或暗室。有日光的地方我觉得语言的射程总会有点偏离。阅读是属于黑暗的，属于黑夜的。即使大白天在室外阅读，书的四周也是被黑夜笼罩的。

波尔特：那就同写作一样？

杜拉斯：是的，阅读和写作，是相同的；现在大家都知道了。

波尔特：卡车女士和卡车司机，他们也关在昏暗的驾驶室内，您在片子中说外面的光线像是一种威胁。

杜拉斯：我们现在待的地方，也完全一模一样。驾驶室这个封闭的地方，这是影片的第一层封闭，作品是在这里完成的。第二层封闭是暗室，那是我和德帕迪约待的地方，向你们念作品的地方，您也可以说是向群众披露作品的地方。影片的其余部分是空的，没有角色，只有这个物体，这辆装运——我几乎要说装运文本——的卡车。这一切叫人不知所措，因为电影好像可以做出许多新东西，不用远离群众，而且正相反。

波尔特：您说作品是在卡车驾驶室内完成的，而在您与德帕迪约待的小室内把作品念了出来。

杜拉斯：是的。作品是从这里出发走向外面的。

波尔特：电影中大家有这样的印象，看到了写作完成的过程，文学创作的现象。

杜拉斯：但是我相信文学创作只要开了个头——当然要怀着一定的信念——然后就会继续下去。我相信作品写了又想写，永无止境。片子我拍到这里停了，但是我也可以继续下去。我那时很怕拍一部长片，很怕让观众看一部长达一小时四十五分、两小时的片子……我对自己说：他们不会忍受这种不事雕琢的语言……我不敢写上两小时……我相信只要进入写作状态，然后这就开始了，只要有这种意愿，我相信……我找不到其他的说法……

波尔特：那会发生什么呢？有些人那么想写，就是从来不写……最后我说说真正的作品……

杜拉斯：这是他们没有真正想写，或者也可以说他们缺少一种真正的欲望。或者他们没有抓住要领。有一种写作总是抓不住要领，这类事屡见不鲜。从外界来的就不是作品，作品不应该来自外界，而是来自内部的指令。我不是说来自身体内，因为这样就完了，我不愿再听人说起……（笑声）女人说起自己的身体就是这样，没完没了，我不愿再听人说起，一点不愿意。我说内部，是的，内部的一个指令。这是写作的意愿，然后才知道写什么，然后才知道愿意写什么样的故事。人无时无刻不在写，人在体内有一个场所，有一个暗角，一切都收，一切的经历都储藏和堆积在那里。这是作品的原料，一切作品的矿藏。这种“遗忘”，就是没有写出来的作品，甚至就是作品。

影片里卡车装运的就是这堆东西。人世间的全部写作。仿佛这是可以测量的，可以称分量的，三十二吨作品，这叫我听了开心。

这就是我说的：形象。但是这种普遍存在的作品，在《卡车》一片中是混杂的，其中有观众的作品，有我的作品，一切都搅和在一起。这堆黑色密封的东西，往前去周游世界，被人遗忘，但是有生命力。不是死的。随时可以用于一切。用于创作马拉美的一首诗。用于造成一种表面上无缘无故的痛苦，在有一天晚上，不知什么地方，袭上一个女人的心头，尔后再也无人提及。

生活中百分之九十的事要被人遗忘的，不然人会发疯，人会死亡，如果这些经历过的时间都留在记忆中，人会死亡，这是不可忍受的。这有点像不存在死亡了。一个人心中发生的事跟外面世界发生的事一样多，一个人心中发生的事跟从埃及最早年代以来发生的事一样多。我是这样想的。大家总说遗忘是一种遗憾，但是幸而存在遗忘，若一切痛苦、情欲、欢乐全都可以回忆起来，瞬间就会苍白无力，破坏殆尽，也就不会存在了……遗忘，这是真正的记忆……生活、作品、遗忘、记忆，对一切我只相信那种生理解释，我相信这一切都乱得很有道理。

波尔特：今晚看了这部影片，我对片子表达的政治观点，这种对事情完全绝望的看法，感到很吃惊。

杜拉斯：有绝望，有欢乐。

波尔特：您在影片中说："让世界走向毁灭，这是唯一的政治。"

杜拉斯：但是她在世界上活得快快活活，因为她在生活中对不可容忍的世界想出一些个人的解决办法，比如说，每天晚上搭车，编造自己的生活。

卡车女人对我来说是非常可亲的，我对这么一个人很有感情，这是拍了《印度之歌》以后还不曾有过的，我很爱她，我周围的人也很爱她，这个卡车女人在今日社会里显然是不起眼的，有人会说她是异化分子。仿佛异化本身是一个定义似的。作家和自由分子被当作异化分子对待。社会把自由看作是一种疯狂。这个女人，她是自由的，当他对她说："您是个反动派。"她只是笑笑；当他对她说："您是从古希精神病院逃出来的。"她只是笑笑，她说："啊，您知道那个地方？"仿佛他跟她谈起他们两人都熟悉的一个村庄。

波尔特：我也很喜欢您在影片中说"让世界走向毁灭吧"那时用移镜头长时间拍伊夫林工业区。

杜拉斯：一切都是在特拉普和普莱吉尔之间拍的，就是说法国外来移民集中的地方。我不知道究竟有多少移民，那个地方可能有一两百万。您看到所有那些墓碑似的楼房都是为他们盖的，那是巴黎建筑师的试验场。法国人都逃离那里。我也应该说，当初葡萄牙人也逃离配给他们居住的公寓，回到他们的房车和棚屋，因为在棚屋区里他们都在一起过，到了晚上一起吃饭聚会。在棚屋区里有一种真正的社区生活。棚屋区铲平了，代之而起的是您在影片中看到的楼房，重重叠叠，奇妙的栖息之地。原来放房车的地方现在造起了七到十二幢摞在一起的住房。在北京、墨西哥城、马德里也一样。我宁可要棚屋区，没有水，没有卫生设备，即使容易失火，我也宁可要棚屋区。

波尔特：影片中大家看到了这点，大家感受到了这点。

杜拉斯：大家看到了这点，有人住在那片荒原上，因为在大批建筑群四周，也在像欧尚那样的大型超市四周，是一片真正的荒原。这些大型超市占地面积好几公顷，葡萄牙人、马里人、西班牙人、阿拉伯人都来这里花光他们的全部工资，他们什么都在那里买，他们的家具、他们的服装、他们的食品、他们的汽车、他们的殡葬用品，一切都在那里买。他们的工资、他们的积蓄，一切都在那里被回收过去了。移民建造的是他们自己的住房，他们自己的集中营式的圈地。从前，苦役犯也用同样的方式挖掘他们自己的坟墓。没有一家咖啡馆，没有一家电影院。攒一笔钱离开，这是他们唯一的生存理由。他们的生活就是这样。移民正在幻想，攒钱当富翁。这才叫恐怖呢。一切拒绝、反抗的意志，用另一句话来说，一切革命精神正在消失。

波尔特：这些图像大家都很眼熟，因为电影里表现的巴黎郊区，人人都是走过的，看到蘑菇般疯长的一排排楼房、货物、火车、卡车，大家感觉世界确定已经在走向毁灭。

杜拉斯：是的，已经开始了。这也好。这也好。这也好。我要说的是：大家已不再信仰，大家信仰的是这个——不再信仰。这是一件新的喜事：大家信仰的是不再信仰。

第二天

杜拉斯：拍了这部片子后再回想起我以前的几部片子，我对自己说这是一部叫人没有勇气再拍电影的片子（笑声）……从某种意义来说……您不觉得吗？我若原来打算拍一部故事片，看了这部片子，我就不知道是不是还会去拍。

波尔特：啊，是的，叫人没有勇气拍某种电影。啊，是的，肯定。

杜拉斯：拍了这部片子，对我来说有的事告一段落。

波尔特：您是说某种叙述式故事？

杜拉斯：是的，这肯定，然后我不知道往哪儿去。

波尔特：但是这种摒弃表演的做法，您在《印度之歌》里已经开始用，然后又在《她的威尼斯名字》，然后这部片子，当然这里走得远得多……

一九七四年在《图像与声音》中，您写道："电影是冲着观众拍的。"

杜拉斯：啊，是的，这是在《听众》杂志约我写的一篇文章里。不久前登在《世界报》的那篇文章是从前《纽约时报》要我写的……

波尔特：您说：“在动手拍片子以前，导演要从一部书着手，这部书可以不写出来，但是在创作的环节中具有本子的价值。导演越过这部书，又回到读者的位置，也恰是观众的位置。”

杜拉斯：这完全可以作为《卡车》一片的说明。我在《卡车》一片中念的东西，是用来写作的还是拍片的呢？因为您不要忘记，起初打算由演员来念本子的……这总归是一个本子。他们可以念我没有写出来的一个本子，但是原则上他们也可以谈到维京海盗故事，也就是说我从最平凡的事出发。在原野上根本看不到东西，她可以说：“您看，想到他们是从那里来的。”这是最平常，也是最平凡的出发点。经常我就这样开始了。然后逐渐地在计划时大量东西吸收了进去……起初我相信这是卡车司机和女士之间的故事。事实上，这是一则政治故事。这也是我与政治的故事。这有多大的重要性，这对其他一切有多大的决定性意义，现在片子拍完了我才看出来。以前我没有认识到这个程度。

波尔特：您介入政治的故事？

杜拉斯：是的，现在拍完了这部片子我可以说了，从政治观点来说，恐惧离开了我。您知道就像人家说的摆脱了信仰。十年来，从六八年来我以为恐惧离开了我。这不是真的，这不完全是真的。而现在是了，恐惧离开了我。昨天晚上我把片子拷贝连续看完，我明白了这件事。我不再害怕了。我不再害怕人家诬告我反共。

波尔特：影片中那位女士发表反共言论，他对她说：“我明白了，您是个反动派。”或者说：“您是从古希精神病院逃出来的。”对司机来说，非此即彼，显然没有其他途径。

杜拉斯：我相信政治乌托邦，这就是说我信任智利阿连德领导的运动。这可能是一九一七年以来发生的最重要的事，还有古巴革命的初期阶段，最初几年。这是乌托邦在推动左派思想，即使它失败了。六八年失败了，但它使左派思想跨前了神奇的一步。只有去进行尝试，即使尝试是为失败而进行的。即使失败了，也唯有它们推动着革命思想。好像诗推动爱情。一切相互依存。诗，真正的诗，没有不革命的。当波德莱尔谈到情人、欲望，他充满了革命激情。

波尔特：卡车女人说她相信一切革命都是不可能的。

杜拉斯：是的，她说了这样的话。目光短浅的人、虚情假意的人、思想狭窄的人说："六八年没有进行到底，所以是一场失败。"六八年现在还在持续，这是一个总体成就，总体上是积极的，即使它失败了。智利也是总体积极的，即使它淹没在血泊中。我对这事想了很久，从六八年算来想了十年，但是我一直在影片中不敢说这件事，是的，说这件事。现在在《卡车》中，我发觉我对待这一切是自由的。我可以从政治谈到博斯，从博斯谈到女士的旅行，从女士谈到运输的货物，孤独，写作，她住过的房子。非常自由。我可以自由地想，自由地说，受压的地下水冲出地面，就像人逐渐走向反抗，性质是相同的。地心怎样变成地表，人受的压抑怎样暴露出来。我也可以提到工人的双手都有工作带来的丑陋伤痕，我对这些手没有什么敬意。大家一直说要"认识自我""寻找自我"——把自己封闭起来。然而这样不行，要看着外面，要随心所欲地看，自由自在的。您看到，对我来说，赞扬工人品德，把无产者看作劳动圣徒，这就是赞扬劳动与资本相结合，这类政治影片是完了。这类所谓政治影片，我是躲开的，我不会再去看的，我认为这是些反动影片。纯然的反动影片已经不再有了，电影一般来说毁在煽情上。电影是最谨慎的艺术。应该摆脱政治的逻辑，通过其他途径去结合政治。如果大家留在修辞的泥潭里，那就走不出来。这本身要成为一种目的。

波尔特：在影片中您说策略是利用人的自身矛盾这个基本前提

来残害人。

杜拉斯：这事我是说到过的，但是没有照这样子记下来。我有七八年，您可以说是完全的自我封闭，我过上了夫妻和家庭生活。我不许自己有半点倔强，然而我很明白，当人家给我命令：上门募捐、发表谈话等，我很明白在我心里有另一个人在大声反抗，但是这个人，这种矛盾心理，我的极左思想，我自己把它清算了。

波尔特：您进行彻底的自我检查。

杜拉斯：是的。在法共内我要继续服从家规和夫权，这倒不是女人才如此，因为所有党员处境都一样。现在对我来说，隶属于一个政治集团，这相当于得了神经官能症，需要找个地方让人引着走，把自己交给别人支配。您同意我的意见吗？

波尔特：啊，是的，完全同意，但是我觉得您在影片中说得更明白，您揭露……

杜拉斯：我在《薇拉·巴克斯特》中已经谈到。比如说，我不对开发商让·巴克斯特进行简单化的控诉，他是一个混蛋，一个傀儡，一个富人，一个可怜的富人，不过我至少认为他还有起码的自知之明，毫不怀疑自己庸俗，是个应声虫，他只是做大家也在做的事，赚了钱又上巴利阿里群岛这类事。因为对富人也有一种种族主义做法。富人不光只是有钱，还有别的。没有人是纯然的穷，纯然的富，纯然的骗子，纯然的老实，好人，坏人，没人完全这样。

波尔特：您在影片中揭露种族主义，这话是这样说的：只有一种焦虑是值得重视的，物质的焦虑，因而也是无产者的焦虑。

杜拉斯：是这样。我这样生活了三十年。我要说一下。最初几年，我把自己写的东西藏了起来。这是一种可悲的萨特式自责，这种可悲的穷傲气，这种充满傲气的谦虚，我有过亲身体验，我不敢说自己在写作，我不敢说自己上过大学。他们教我要蔑视。蔑视反动派、托洛茨基分子，蔑视富人、作家、知识分子、宗教信徒，八年中他们教我的就是这些。您看碧姬·芭铎碰上的事，有人对芭铎说："您去管什么海豹，您要管的是乌干达黑人。"海豹和人，是一回事，对海豹的野蛮行为与对人的野蛮行为，两者的性质是一样的。这也是极左派固有的愚蠢的一面，对生命本身制订和公布等级制度。他们的思想多么滞后。全世界的老百姓都毫无例外比他们的统治者走在前面。同样在世界各地，电影要比观念落后。

请注意，必须经过这类事才可能敢说敢为，才可能省悟，就像我拍了《卡车》才能省悟。

波尔特：那次投身政治是不是您一生中非常重要的一次经历？

杜拉斯：这本身就是经历。爱的经历。

波尔特：任何个人思想都到了末路。

杜拉斯：是有过这样的企图。我记得我到了不敢再去夜总会的程度。有一天我去了，在我的开除报告中就说明："被人看见出入夜总会。"各种各样的禁令使我动弹不得。

波尔特：令人骇怕。

杜拉斯：违纪中还有一条："跟两个男人生活。"也就是说我离开后又成为我朋友的那个人，和跟我同居的另一个人。这条也是指控我的罪名：跟两个男人生活。但是有一种病，就是留下来，留下来甘心忍受一切的病。我还要给您说《黄太阳》的故事，因为现在我要把这件事公之于众。当我拍《黄太阳》时，谁都没有报酬。一起工作的有里卡多·阿罗诺维奇。有一天电影行业联合工会召他去，对他说："注意，她是一个反共分子。注意，你还没有工作许可证。还有你不知道真相，她在全国电影业中心预支了三千万法郎，她把这笔钱'放进了自己的口袋'（原话）。你一个钱没拿，而她捞了三千万。"里卡多说："我要求您当着我的面立刻打电话给全国电影业中心，我拿听筒，弄清楚她是不是拿了这笔预支。"全国电影业中心说："她不但没有拿预支，还根本没有打过预支申请报告。”这是一种企图谋杀罪，要是我真的把三千万放进口袋而叫二十个人给我白做，我死有余辜，该杀。他们只说一声：“那是有人搞错了。”这样就算是了了。

目前发生的事——我说的是共同纲领的胜利——并没有得到很好的阐述，那是大多数人不愿意在空前专横的金融寡头和斯大林制度之间选择，就选择了自己：他们投社会党的票。投社会党的票，等于不投票。这表达了大家要避免两种勒索、两种压迫的意愿。

波尔特：您在影片中也谈到太空中地球的孤独，您说这决定了人类的一种新政治环境。

杜拉斯：是的。这带来了一些变化。她谈到地球上的空虚。她说：“在火星上，他们在火星上找到了石头和风。”

波尔特：卡车上这位女士在影片中什么都谈吗?

杜拉斯：是的，什么都谈。

波尔特：我非常喜欢卡车司机对她说：“您到底在说什么？”她回答：“我在说话。”

杜拉斯：这也是我喜欢的一个时刻。

波尔特：这就是说“说什么”已是无关紧要了。

杜拉斯：是的。这里面提出的话题——除了那些亮点，全片约有十来处——都是可以互换的。她也可以不说她说的话，说其他的话。她说话，她在创造每一个瞬间，她在不断地写作，永无止境。

波尔特：您在影片中还说：“给错误留出了位子。”

杜拉斯：是的，那是指每个人都在歪曲信息。我删掉了，我怕给影片加上一层理论思考。

波尔特：那些句子即使您删了，影片里还是保留了其中的内容。

杜拉斯：当司机问她是谁，她说她不知道怎样回答他的问题。她说：“有人问我是谁时，我就神志不清了，我不知道怎样回答您。”因而提出她来就是作为某个难以界定的东西。在另一个时候，她说她知道自己是不存在的，她掌握一定的证据，她说：“怎么说，内在的，内心的。”她还说“这是我在那里时”，不知道是指集中营还是伊夫林。我自己有这种感觉，不存在的感觉。

波尔特：由于这一点，卡车女士使我想起您很喜欢的另一位人物，《恒河女子》中的疯子，您说到那个疯子：“他的脑袋像个漏斗，什么事情都留不住。”而您让她说出：“我头脑晕眩，充满了风，有时候我睡觉，有时候我写东西。”这个疯子、这个女人，就是作家，不是吗？这是您对写作的看法，您经常说那是些穿过心间的东西。

杜拉斯：是的，也像是截留下来的东西。像一种失去自主的功能，把外界的东西截留下来，但是，再一次，它沉落在内心的黑影里，埋在那里，在记忆清楚时死去，然后有一天，它又从里面钻了出来，出现在我们面前，显然已经难以辨认了，去盖满白纸。有一天有人看到一朵花，一朵玫瑰花，把它忘了，花通过死亡而又复生，有人看到它，把它认了出来，称它为安娜-玛丽·斯特雷特。玫瑰从发现到取名，这是个痛苦的历程，这是个写作的历程。痛苦的——是痛苦，也是危险——是把这份痛苦形诸笔墨，缀成篇章，是把这团黑影戳破，让黑汁流在白纸上，把内心的东西挖掘出来。疯子，我以前说过，完全是在写。他们的记忆是在外面的：经过风、潮汐、堡垒、生活的海洋，最后到了纸上，这是神奇的路程。这可能也是一种缺失，自身的缺失，面对自身基本义务的缺失，我是这样认为的。作家——我指真正从事写作的人——他们的个人生活是很贫乏的。从不管哪个意义来说，这是一种自我消耗。他们的个人生活完全是缺失的，我不知道有谁比我更缺少个人生活。有人对我说，你写书，你拍电影，您做这个，您做那个。这决不能代替个人生活。但是个人生活的这种缺失或流失，也是一种热情。即使以前我卷入那些是是非非，不论来势如何凶猛，还是很少能够代替这种一心一意抒发内心块垒的热情。有时这很难。代替写作的最好方法是找些具体的事做。这还是一样，当我不写时，我就住到乡下的房子，在诺弗勒，我还是像傻子似的写。（笑声）

波尔特：这个，我看到过您……

杜拉斯：但是我一天工作十小时。您知道，有的人休息，有的人静静读书，这类事我不知道是怎样的，我从来不曾有过……不曾有过。是的，在海边有过几次，然而在海边过上一星期，享受日光浴，我很快感到无聊，我受不了。

波尔特：影片中的女士是作家？有人说："天天晚上，她拦一辆汽车，她对车里的人谈她的生活，每天晚上对谁都是第一次，人家听进去多少，这个她不在乎。"这是作家吗？

杜拉斯：这是个同行。（笑声）

波尔特：但是人家常觉得是个很接近的同行，那您也是卡车女士啰？

杜拉斯：是的，是我也是其他人。我也可以把自己看成是其他人，看成是她。我就是这样看自己的。当我说："我欣赏《卡车》"，或者用《卡车》的一句话："我觉得这了不起"（笑声），我相信这是客观的。把内心的事表露在外，把自己的事写在另一个人身上，我觉得这很好。我常遇上这类事，许多许多次，我跟人家在火车里、飞机里谈话，我跟人家在杂货店、车库、咖啡馆交谈。这是我情不自禁去做的一件事。也担心。我总是担心在什么时候他们发觉我喋喋不休刹不住，认为我不是像人家说的完全正常。可是我一直这样做，也一直有这样的担心。

波尔特：您跟他们谈您自己，谈您的生活？

杜拉斯：谈他们。谈一切，谈家常。谈一切，谈我。但是一直有这种担心……有时他们确是惴惴不安地瞧着我，离开我而去，这类事我也遇到过许多许多次。

波尔特：那些人不习惯别人像这样无缘无故地跟他们搭讪。

杜拉斯：肯定不习惯。这是《卡车》里女士和司机发生的事。比如说，我要买一公升牛奶，我不直截了当，而是跟他们说："中午我发现没有牛奶了，后来看到天气好，您说不是吗，我就整理花园了，就忘了来，请原谅，我正忙着做这个做那个时，才看了看时间。"我知道他们有事做才不来听我呢……（笑声）但这是情不自禁的，有几次我刹不住要说话。

我应该这样说，这类七搭八搭的噜苏话，跟有想法的人、作家和其他人一起，我就很少会说。我有时会对某种形式的才智感到无聊，但从不对想法感到无聊。我跟有想法的人常来常往，我挨过很多骂和批评，我接受了大量的忠告和责备。现在我感到无聊的只是自由，任何自由，也包括思想自由。

波尔特：影片里有些主题反复出现。

杜拉斯：是的，有些是经常性的主题。我也不太知道为什么这些主题会按时反复出现。比如说风。海。犹太孩子。

波尔特：我很喜欢影片里当她谈到风、地理景物时所有的这些物理属性……

杜拉斯：当我谈到刮风的地方，那里没有一棵树不是连根拔起，树都遭到了屠杀，我无疑在继续发表一篇不合时宜的演说。我不久前整理了要出版的稿子，我看到我什么时候都在谈风，也谈海，远的近的，都很强烈，像是内心一种不灭的形象。我想海将汹涌大地，把一切都吞没在它的纯洁清澈之中。我相信是这样，风和海，因为对我来说这是海之风。

波尔特：在这里大家又看到了《恒河女子》。对您来说，世界末日或世界原始景色没有多大差别，那是海。在您的书里和影片里这是一个常数。在这部片子里没有看见海，但是海还是处处存在……

杜拉斯：镜头是在欧尚拍的，在普莱吉尔工业区内，夜色是蓝的，可以说是海水的蓝，我把它看作是一片海底。卡车女人是从那个地方来的。伊夫林省普莱吉尔是个绝对平坦的地方，死气沉沉的地方。从这个地方她天天第一次创造自己的生活。

波尔特：您选择这个景色是为了谈……

杜拉斯：我的同时代人？是的。并不只有卡车女人是个落魄的人，这部片子也没有社会地位。人家不能对我说，你谈谈布尔乔亚的地方吧。那些地方，靠了现代信息的传播，每个人都可以谈上几句。每个人都可以看到我看到的东西。我觉得在这部影片里我和每个人都是平等的。我要《卡车》走进大众电影院去。不只在第五区放映。

波尔特：片子的拍摄方法接近民间说唱，接近说唱艺人的传统，人人都可以进入故事，故事里可以谈到人人。

杜拉斯：我跟您谈起过母亲的故事，还有她说给我听的故事。她跟我说起她的姑妈赶了一辆小马车，到阿拉斯市场去出售羊角面包，出售面包。她跟我说出一路上所有村子的名字，她的姑妈走在乡下，遇见男人就跟他们在马车下做爱，家里人等着她回来。我时常想起这个女人。我认识那个地方，一大片麦地，隔上一段路有一个小丛林，我看到她孤零零坐在马车上。她一看到漂亮小伙子，就情不自禁地要做爱。母亲跟我说起这件事作为家庭的耻辱，不可外扬的家丑。但是对我来说，生活比什么都强烈，我立刻领会了这事的含义。当亨利给我说一个故事——您看到他说得很精彩——我不会忘记；当您给我说您祖母的故事，我决不会忘记。最能持久的故事，可能是通过口述也就是通过个人的故事。

波尔特：您没有邀请演员来扮演您的角色，无疑也是《卡车》这部片子的一个力量吧？

杜拉斯：但是您知道，现在片子已经拍完，我也无法再走回头路，如果我把整个过程回想一下，我感到很欣慰，因为我有这个印象，躲过了一些很大很大的危险，表演的危险，拍成普通故事片的危险，也就是说把角色分配给一个男演员和一个女演员去演。我差点没有躲过。我的制片人突然对我说："大家准备好了，可以拍了。"我就往水里跳了下去。我对自己说，高蒙公司提供我一千万资金，我还有什么风险？我一边拍片子一边心想：就是拍得不好，此刻也有一千万，不会一部也卖不出去。在这些条件下我拍了《卡车》。我的影片全是这样拍成的，风险大些小些，这次更大些。高蒙的一千万，我才不放在眼里呢。这是我对自己在说。后来慢慢地，事情开始顺利了，我又恢复了拍《她的威尼斯名字》和《印度之歌》时的热情。

波尔特：我相信有人已经说过这句话，但我是第一次看到这样的一部影片，让观众那么自由。

杜拉斯：是的，面对银幕，进行你与你之间的交流。

波尔特：绝对这样。卡车女人不完全是您，但也是您，玛格丽特，是吗？

杜拉斯：无疑是我，就像我也可以是其他一切女人。

波尔特：影片里就是这个，我觉得您谈到自己像在谈另一个人。

杜拉斯：我总算是做到了这一点，谈自己像在谈另一个人，关心我自己像关心另一个人。也可能是跟我自己在谈话，我不知道。因为我一生中有二三十年时间在担心自己会发疯。现在这种担心不再叫我担心了，但是转移到了影片里。它在影片里了。有三十年我担心发疯更多于担心死亡。这两者毕竟很相近，现在担心已经离去。我甚至从外界也可以看到这点。

波尔特：您在片子里说："货物、人，这很怪，越积越多，隔一段时间，来了，走了，各自有各自的故事。"您对我说过，这句话是针对写作而言的。

杜拉斯：是的，我说过在生活经历以外什么都不存在，大家总是在写自己的事；但是隔上一段时间生活的片断会冒出来，给你写成不同的故事，如同迷误啊，粒子啊，片断啊，用最后这个词较适当，最后我分辨不清，我知道我在旅途中就看外面，分不清人和物，分得不很清楚。我会为一件东西动感情，经常如此。比如说此刻我想起我在诺弗勒的房子，我就会难过，因为房子是空的……在影片中一切都物质化了。

波尔特：完全是这样。

杜拉斯：还有我爱动物的那种方式，比如说，我对动物的尊重，我相信绝不亚于对人的尊重，您可以看到对各种人我相信我是一视同仁的，对树木也是这样……有人在砍伐诺弗勒的森林，我在一个星期六到了那里，我不知道他们已经砍了四公顷的树木，我停下车，浑身无力。他们没有建筑许可证就进行砍伐，他们砍伐了差不多三百棵有六百年树龄的老橡树。我不能动弹，这桩暴行叫我全身瘫痪，仿佛有人当着我的面杀了人。总之，这有点像那次跟我谈到碧姬·芭铎，居然有人指责她爱动物，我觉得骇人听闻……这不是我把感情转移到了动物身上，动物和其他生物都是同等的。这种爱心代替了上帝。宗教的目的是不偏不倚、没有等级。

波尔特：我相信无疑是这样。

杜拉斯：在我看来，我的卡宴种鸡好比是天堂的禽鸟。喔唷，我爱它们。我可以目不转睛地看上一个小时，我看到了一些非常不寻常的东西，我相信这些东西是存在的，不是我的想象；在那只公鸡和两只小鸡之间几乎有一种语言。

在《卡车》中，也有这种平等态度。遭蹂躏的土地像遭屠杀的无产者同样使我难过，当她说“壮丽的移民区”，我不只是指人口观念，我也指随着移民一同“过来”的土地，如法国境内的葡萄牙，这才是全部意义。

波尔特：在夏特勒也拍了一天？

杜拉斯：是的，我拍了几个镜头，很美，但是我没有保留，因为移民区的破坏和现状那么触目惊心，不管怎么美的东西都给它压了下去。在这里追求的不是美。而且从另一方面来说，任何时间的外景图像总有一个空白点。图像也就一分为二。下面是图像，上面是冬天的天空。而夏特勒布满整个银幕。这是我最初的意图：把夏特勒这样让人看，没有任何外界的参照物：摄影机不离开石头。

波尔特：这种外景图像也像影片念白是完全开放的。

杜拉斯：但是我肯定根据《卡车》可以拍出几部片子。在《伊甸园华尔兹》一片中已经有这样的东西，人物既在片中又不在片中。那位母亲既出现在大家面前，大家触摸到她，可以触摸到她，但同时又处在一种无时间性的时间中，她是在离去。

波尔特：这是女儿和儿子在母亲本人面前叙述她的故事。那位母亲，大家可以假定她已经死了。

杜拉斯：完全可以这样假定。她也是在摹仿自己的死亡。

波尔特：但是这个在《印度之歌》已经提到了。德尔菲娜·塞里格演安娜-玛丽·斯特雷特，更多于做安娜-玛丽·斯特雷特。

杜拉斯：这一切都很有趣，您是从哪儿得来的，我不知道，可能是故事听得累了，看得累了……

波尔特：《卡车》最令我欣赏的地方，我相信是它在同一个时候又什么都谈。

杜拉斯：丰富充沛？